Morde mit "VX"

Teil 1/3 - Troisdorf

© Kersten Wächtler

AF236145

Rhein-Sieg-Kreis Krimi

Morde mit "VX"

Teil 1/3 - Troisdorf

*Der **elfte** Fall der Kommissarin Thekla Sommer*

© **Kersten Wächtler**

www.rsk-krimi.de

Bibliografische Information der Deutschen Nationalbibliothek:

Die Deutsche Nationalbibliothek verzeichnet diese Publikation in der Deutschen Nationalbibliografie; detaillierte Daten sind im Internet über

http://dnb.dnb.de

abrufbar

1.Auflage

Erschienen 10 /2020

Copyright © 2020 Kersten Wächtler

Coverbild: Klaus Stahl

Herstellung und Verlag: BoD – Books on Demand, Norderstedt

ISBN: 9783752625318

Alle Texte, Textteile, Graphiken, Layouts sowie alle sonstigen schöpferischen Teile dieses Werkes sind unter anderem urheberrechtlich geschützt. Das Kopieren, die Digitalisierung, die Farbverfremdung, sowie das Herunterladen z.B. in den Arbeitsspeicher, das Smoothing, die Komprimierung in ein anderes Format und Ähnliches stellen unter anderem eine urheberrechtlich relevante Vervielfältigung dar. Verstöße gegen den urheberrechtlichen Schutz sowie jegliche Bearbeitung der hier erwähnten Schöpferischen Elemente sind nur mit ausdrücklicher vorheriger Zustimmung des Verlags und des Autors zulässig. Zuwiderhandlungen werden unter anderem strafrechtlich verfolgt

5

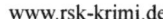

Alle Personen und Tathergänge sind frei erfunden.

Ähnlichkeiten mit lebenden oder toten Personen sind rein zufällig

Es waren bestimmt zwei Dutzend Spatzen, die fröhlich zwitschernd über der Fußgängerzone Troisdorfs ihre Runden zogen und sich an den Resten der Brötchen und Kuchen erfreuten. Die Restaurants, Bäckereien und Eissalons hatten ihre Tische und Stühle an den sonnigen Frühlingstagen nach außen gestellt und freuten sich über regen Zulauf sonnenhungriger Gäste. Thekla Sommer, die Kriminalkommissarin und Leiterin der Dienstgruppe II, der Mordkommission Siegburg, hatte Lisa Drollig, Peter Ludwig, Sybille Salz und ihren Lebensgefährten Robert Hanf, alle in ihrer Dienstgruppe, zum Eis essen eingeladen. Sie saßen alle vor der beliebtesten Eisdiele Troisdorfs und hatten die schönsten Kreationen verschiedener Eisbecher vor sich. Die Einladung erfolgte deshalb, weil sich Thekla vor etwa drei Wochen bei einem Sturz während ihres fast täglichen Fitnesslaufs rund um den Siegburger Michaelsberg, den linken Ellenbogen gebrochen hatte und die Heilung jetzt erstaunliche Fortschritte machte. Im Krankenhaus wurde festgestellt, dass das Radiusköpfchen gebrochen war. Eine Operation wurde von den Ärzten nicht erwägt, da ein Bruch des Typs I vorlag, der erfahrungsgemäß von alleine zusammenwachsen würde. Thekla hatte ihren Arm für die nächsten drei Wochen eingegipst bekommen. Danach hatte ihr der Arzt eine Orthese verschrieben, die eine Bewegung des Arms zwar immer noch stark einschränkte aber durch eine eingebaute Mechanik im Bereich des Gelenkes, endlich kein störender kompletter Gips mehr da war. Da sie also bereits einige Wochen ihren Kollegenkreis nicht mehr gesehen hatte, wollte sie den heutigen Tag nutzen, ihre Freude über den Heilungsprozess mit den Kollegen zu teilen. Es gab auch kein aktuelles Mordgeschehen, das zu lösen war. Die Tische im Außenbereich der Eisdiele waren zu dreiviertel besetzt. Am übernächsten Tisch saß ein teuer gekleideter, gutaussehender junger Mann etwa Ende Dreißig. Seine Markensonnenbrille war in die Haare über die Stirn geschoben. Auch er hatte sich ein kleines Eis, einen Espresso und einen "Fernet Branca" bestellt, schaute jedoch sehr interessiert hin und wieder an den Tisch mit der geselligen und lachenden

Runde herüber. Lisa hatte dies bemerkt und flirtete nun ungeniert mit dem Mann. Lisa war mit ihren fünfundzwanzig Jahren das Küken unter den Kollegen der Mordkommission. Was jeder ihrer engsten Kollegen wusste, war, dass sie bisexuell veranlagt war und sich noch nicht so recht festgelegt hatte. Im Moment, so schien es ihr, war es an der Reihe für einen Mann, der sie wunderbar verwöhnen würde.

»Der ist aber süß«, flüsterte Thekla in Lisas Ohr, nachdem sie sich zu ihr herübergebeugt hatte. Lisa lächelte verschmitzt, nippte an ihrem Cappuccino und schaute blinzelnd zu dem Mann rüber, der seinen Magenlikör anhob und Lisa zuprostete. Lisa lächelte ihn nun breit an, lehnte sich in ihrem Stuhl zurück und spannte ihre Schultern nach hinten, um so, unbewusst, ihre Flirtbereitschaft zu signalisieren. Der Fremde holte aus seiner Herrenumhängetasche ein kleines Etui heraus und entnahm ihm eine e-Zigarette und ein kleines Fläschchen Liquid mit der Aromanote "Feige", wie unschwer auf der Abbildung zu sehen war. Er füllte ein klein wenig des Liquids in den gläsernen Verdampfer der

Marke "Nautilus", drehte diesen auf den Akkuträger und genoss den reichhaltigen Dampf, der sich bei jedem seiner Züge entwickelte. Er drehte seinen Kopf wieder in Richtung Lisa und flirtete seinerseits nun unverhohlen mit der jungen Kommissarin. Nachdem der gutaussehende junge Mann sein Eis gegessen und den Espresso getrunken hatte, war ihm, als sei er von dem Anblick Lisas, die seine Aufmerksamkeit sichtbar genoss, wie benebelt. Es schien, als legte sich ein Schleier vor seine Augen. Er konnte nichts mehr richtig erkennen, selbst der Tisch vor ihm bewegte sich scheinbar wie von selbst hin und her. Als er aufstand um kräftiger durchatmen zu können, bemerkte er, dass er starke Schwierigkeiten hatte, Luft in seine Lungen zu pumpen. Er geriet in Panik, drehte sich in Richtung Lisa und fuchtelte mit seinen Armen in der Luft. Zuerst dachte Lisa, er wolle sie zu sich an den Tisch winken, dann jedoch sah sie die Panik in seinen Augen. Sie sprang auf und eilte zu dem Tisch des freundlichen Mannes. Noch ehe Lisa dem Mann helfen konnte, brach er zusammen und fiel auf den gepflasterten Boden.

»Ruf schnell einen Krankenwagen«, rief Thekla in Richtung Robert, als sie Lisa nachstürmte. Auch Peter Ludwig hatte den Ernst der Lage erkannt und eilte den Frauen zu Hilfe. Die anderen Gäste der Eisdiele sprangen von ihren Sitzen auf und bildeten einen weiten Halbkreis um das Geschehen herum. Einige zückten ihr Smartphone, aber nicht um Hilfe zu rufen, sondern um den Vorfall zu filmen und dann möglicherweise direkt ins Netz zu stellen.

Thekla öffnete dem, auf dem Rücken liegenden Mann, die Knöpfe seines Hemdes bis über die Brust, während Lisa, recht professionell den Puls und die Atmung kontrollierte.

»Oh Gott, kaum spürbarer Puls und ganz schwache Atmung«, stellte sie fest.

»Hoffentlich hält er durch, bis die Rettungskräfte hier sind«, meinte Peter.

Knapp zwei Minuten später fuhr der Rettungswagen, der am nahegelegenen St. Josef-Hospital stationiert war, vor.

Die Rettungskräfte übernahmen sofort den erstversorgten Patienten. Der Notarzt, der mit den Rettungssanitätern gekommen war, ordnete die sofortige Verbringung des Mannes in den Rettungswagen an. Er wollte den Mann intubieren, da er nicht eigenständig atmete. Die Türen des Rettungswagens schlossen sich, nachdem der Patient, nun auf eine Bahre verbracht, in den Wagen geschoben wurde. Der Wagen durfte während der Intubation nicht anfahren. Nach etwa fünf Minuten, nachdem sich die Kriminalbeamten bei den Gaffern ausgewiesen und sämtliche Smartphones sichergestellt hatten, öffnete sich die hintere Türe des Rettungswagens und der Notarzt trat heraus.

»Wir konnten leider nichts mehr für ihn tun. Wegen des Herzstillstandes haben wir noch den Defibrillator eingesetzt, - aber keine Chance. Wir haben die Polizei informiert, da es sich um eine unklare Todesursache handelt. Wir müssen die Leiche, natürlich abgedeckt, wieder hier nach draußen bringen, da wir im Rettungswagen keine Leichen transportieren dürfen«.

Thekla zeigte ihren Dienstausweis mit den Worten: »Kriminalpolizei Siegburg, wir werden der Todesursache wohl nachgehen müssen, wenn sie sagen es sei eine "unklare Todesursache"«.

»Wir können keine Fremdeinwirkung durch eine äußere Verletzung feststellen. Der Mann hatte eine gute Konstitution und ein natürlicher Herzstillstand wäre nur nach abzuklärender Vorerkrankung, erklärbar. Deshalb muss ich zunächst eine "unklare Todesursache" diagnostizieren«.

Thekla informierte Alfred Bollenkamp, den Leiter des Siegburger Morddezernats über das Geschehen. Dieser übergab sofort die Ermittlungen an Thekla's Team, da sie sozusagen tatanwesend waren. Weiterhin schickte er sofort die Spurensicherung los und informierte die Bonner Rechtsmedizin, wegen der Planung einer anstehenden Obduktion.

»So«, meinte Robert, die eingesammelten Smartphones in der Hand, »jetzt kommt einer nach dem anderen Eigentümer der Geräte zu mir und löscht, in meinem Beisein, den Hergang des Geschehens«.

Einige der jungen Leute protestierten lautstark.

»Dies ist eine polizeiliche Anordnung. Wenn dieser nicht nachgekommen wird, bleibt das entsprechende Handy in Polizeigewahrsam und wird sobald die richterliche Anordnung da ist, amtlich gelöscht. Die Kosten dafür und den eventuellen Schaden an sonstigen Dateien, gehen dann zu Lasten des Besitzers«.

Einer nach dem anderen kam, löschte das soeben aufgenommene Video unter Roberts strengem Blick und verschwand in geduckter Haltung in der Menschenmenge.

»Hat er mal wieder geblufft«, dachte Thekla grinsend. Die Kosten für eine gerichtlich angeordnete Löschung be-

stimmter Daten sind aus der Staatskasse zu zahlen. Eine An-
drohung der Kostenübernahe hat jedoch in den meisten Fällen, bei meist ohnehin finanzschwachen Jugendlichen, den
gewünschten Erfolg.

*

Nachdem alle Spuren gesichert waren, wurden von der
Spusi nochmals einige Bilder des Tatorts, der einzelnen
Spuren und auch unbemerkt, der reichhaltig umstehenden
Personen, gemacht. Es hatte sich bereits seit mehreren Jah-
ren als hinweisgebend erwiesen, Aufnahmen von den um-
stehenden Beobachtern zu machen, da sich hin und wieder
der Täter an den sofortigen Folgen seiner Tat ergötzte.
Thekla, obwohl sie sich offiziell noch im Krankenstand be-

fand, hatte sich vom Leiter der Spurensicherung die Brieftasche des Toten geben und über den Stand der ersten Er-
kenntnisse informieren lassen.

»Der Tote heißt Louis Krüger, achtunddreißig Jahre alt,
ein in der Schweiz lebender Physiker und gebürtiger Fran-
zose«, teilte Thekla den anderen Beamten ihrer Dienstgruppe mit.

»Moment mal«, fiel ihr Robert ins Wort, »während Deiner Dienstunfähigkeit bin ich als stellvertretender Leiter ernannt worden. Du hast offiziell hier gar nicht zu ermitteln.
Das ist meine Aufgabe«, fordernd streckte er seine Hand in
Richtung der Brieftasche des Toten.

»Du glaubst doch nicht etwa, dass ich mir den Fall eines
verschleierten Tötungsdelikts aus der Hand nehmen lasse,
bei dem ich selber zugegen war? « war ihre Antwort. »Das
regle ich schon mit Fred persönlich. Bollenkamp hatte im
Siegburger Polizeipräsidium den Kosenamen "Fred" bekommen, da Alfred den meisten zu altmodisch erschien.

Resignierend, aber nicht widersprechend, zog Robert seine Hand zurück. Er würde am Abend, wenn sie wieder zu Hause waren, die Sache mit ihr in einem direkten Gespräch klären und nicht hier vor den Kollegen und der Anwesenheit der Umherstehenden.

»Der Tote wird nun in die Rechtsmedizin der Bonner Uniklinik gebracht, um die genaue Todesursache zu ermitteln. Wir müssen jetzt erst einmal von denen, die hier beim unmittelbaren Tatgeschehen saßen, die Personalien feststellen. In Richtung der Kollegen der Spusi fügte sie hinzu: »und von Euch möchte ich schnellstmöglich eine Analyse darüber, was sich in der e-Zigarette und dem kleinen Fläschchen befindet, die dort stehen«, sie zeigte auf den Tisch, an dem der Tote gesessen hatte.

»Welchem kleinem Fläschchen? « wollte der Kollege wissen, der die sichergestellten Asservate einsammelte.

Thekla blickte in Richtung des Tisches und suchte dann mit Blicken, den umliegenden Boden ab.

»Da stand doch eben noch die kleine Plastikflasche mit dem Aromaliquid "Vanille"«.

»Feige«, berichtigte Lisa, die neben Thekla stand, »es war das Aroma "Feige". Lisa hatte sich alles genau gemerkt, was Louis Krüger betraf. Schließlich hatte sie ihn mit den anhimmelnden konzentrierten Blicken einer "Interessierten" angeschaut.

Die kleine Flasche war nirgendwo zu sehen. Thekla winkte den Fotografen der Spurensicherung zu sich, um die digitalen Aufnahmen zu sehen, die vom Tatort und der Umgebung gemacht wurden. Tatsächlich war auf den Bildern zu erkennen, dass auf dem Tisch ein Liquidfläschchen stand. Dies war aber nicht mehr da.

»Wer hat gesehen, was mit der Flasche passiert ist? « wandte sie sich, recht laut sprechend, an die noch anwesenden Passanten, die immer noch vereinzelnd dort standen.

Kopfschüttelnd wandten sich viele ab und gingen nun, nachdem sie persönlich angesprochen wurden, vom Ort des Geschehens weg. Niemand hatte wohl bemerkt, wie sich eine Gruppe von drei heranwachsenden jungen Männern, dem Tisch genähert hatten und den Blick auf die e-Zigarette kurz verdeckten. Sie wollten dieses Teil an sich nehmen, da es recht teuer zu sein schien und sie Lust verspürten, es selber auszuprobieren. Als einer von ihnen gerade danach greifen wollte, drehte sich einer der, mit einem weißen Schutzanzug gekleideten Ermittler in Richtung der Drei. Daraufhin wurde der Zugriff zu dem begehrten Objekt, dem Verdampfer, abgebrochen doch im Rückzug der Hand, griff der Junge schnell und unbemerkt, wenigstens das Liquid an sich.

»Das darf doch nicht wahr sein«, brüllte Robert los, »da klaut einer im Beisein der Polizei, Beweismaterial. Gott sei Dank haben wir die Personalien von den Gästen, die hier saßen«.

Lisa Drollig sah sie als erstes. Die im Schaufenster ange-
brachte Überwachungskamera des Juweliers, der gegenüber
dem Tatort sein Geschäft hatte. Sie ging mit Thekla zu dem
Inhaber in den Laden und fragte, im Rahmen polizeilicher
Ermittlungen, ob sie einen Blick auf die Aufzeichnungen
der letzten zwanzig Minuten werfen dürfe. Der Winkel der
Kamera war so eingestellt, dass sowohl die Eingangstüre
des Geschäftes, als auch die Auslage seines Schaufensters
zu sehen war. Die Vorschrift besagt, dass man als Privatper-
son, den öffentlichen Verkehrsraum nicht überwachen darf,
wenn diese Aufnahmen gespeichert werden. In diesem Fall
jedoch zeigte eine kleine Ecke des aufgenommenen Bildes,
wie sich drei jugendliche Personen recht schnell mit ihren
Mountainbikes von dem mutmaßlichen Tatort entfernten.
Leider waren keine Gesichter, sondern lediglich die Klei-
dung, zu erkennen.

*

»Du kannst doch nicht einfach im Krankenstand eine Ermittlung an Dich reißen«. Alfred Bollenkamp schien sehr aufgeregt, als er in den Besprechungsraum im Polizeipräsidium auf der Frankfurter Straße in Siegburg, ankam und Thekla in einem Meeting mit ihrem Team unterbrach.

Thekla stand von ihrem Platz auf, stellte sich etwa einen Meter breitbeinig, um einen sicheren Stand zu haben, mit zurückgezogenen Schultern und erhobenem Kopf vor ihren Vorgesetzten. So unterstrich sie, unbewusst ihre jetzt folgende Aussage.

»Alfred, - Du glaubst doch nicht, dass ich ein Tötungsdelikt, welches in meiner Anwesenheit passiert, als Dienstgruppenleiterin mir so einfach aus meiner Hand nehmen lasse. Außerdem habe ich mich selber in den Dienst zurückversetzt. Dazu bin ich berechtigt, da auf jeder Arbeitsunfähigkeitsbescheinigung steht: "voraussichtlich bis". Es liegt im Ermessen eines jeden Patienten selber einzuschätzen,

21

wann er sich wieder arbeitsfähig fühlt. Ein Antritt seiner Arbeit beendet dann automatisch die AU. Dies gilt auch für Beamte«.

Bollenkamp senkte den Kopf. »Du bist aber gut informiert«, sagte er, »na gut, meinetwegen, dann – willkommen zurück«.

Peter Ludwig, Lisa Drollig und Sybille Salz klatschten spontan Beifall, unterließen es aber auch schnell wieder, als sie Fred's Blick sahen. Zerknirscht wirkend schloss er die Türe hinter sich, nachdem er den Raum wieder verlassen hatte.

Thekla atmete tief durch. »Dann wollen wir mal zur Tagesordnung übergehen und die Recherchearbeit einteilen. Vielleicht kriegen wir heute Nachmittag noch den Bericht der Laboranalyse des Inhaltes aus der sichergestellten e-Zigarette und den Bericht der Rechtsmedizin. Bis dahin sollten wir aber …«.

Das Festnetztelefon des Besprechungsraumes klingelte.

»Ja«, sagte Thekla kurz angebunden.

Sie hörte dem Anrufer konzentriert zu, dann sperrte sie erstaunt den Mund auf und ein kurzes »Oh«, kam über ihre Lippen. »Wir fahren sofort dahin«, sagte sie noch, bevor sie den Hörer auflegte.

»Das war Fred, es ist ein Jugendlicher in Troisdorf nahe der Burg Wissem zwischen dem Kinderspielplatz und dem angrenzenden Wildgehege, auf einer Parkbank sitzend, tot aufgefunden worden. Neben ihm lag, ein halbvolles Fläschchen Liquid mit dem Aroma "Feige". Die Spurensicherung ist schon auf dem Weg dahin. Sieht nach einem Zusammenhang von heute Vormittag aus«.

Fast gleichzeitig standen alle auf und beeilten sich, an den neuen Leichenfundort zu gelangen. Dort angekommen wurden gerade Aufnahmen der Fundstelle gemacht. Einer der Männer der Spusi, kam auf die eintreffenden Kollegen zu und berichtete sofort:

»Kinder hatten ihn gefunden und die Kollegen der Polizeiwache informiert. Armin Stall, sechzehn Jahre, wohnhaft in Troisdorf-Spich. Auf dem Schüler Ausweis steht, dass er Mitglied der Elbstein-Gang ist. Das ist eine Gruppe jugendlicher Rebellen, die sich gegen die Verschmutzung der heimischen Gewässer wehrt. Ehemals gegründet in Hamburg, haben sich kleine Ablegergruppen in ganz Deutschland gebildet. Seine Eltern sind schon informiert worden und müssten gleich hier sein«.

»Wer hat sie denn informiert? « wollte Robert erbost wissen »und woher wisst Ihr das mit der Elbgruppe? «

Im Portemonnaie des Jungen war ein Mitgliedsausweis, um anderen die Zugehörigkeit zur Gruppe nachzuweisen. Die haben oft zwielichtige Aktionen gegen öffentliche Einrichtungen durchgeführt und brauchten ein gegenseitiges

Erkennungsmerkmal. Alles in allem aber eine "nicht be-
obachtungsnotwendige" Vereinigung. Da drüben, die beiden
Männer kamen hier zufällig herspaziert, als wir mit den Ermittlungen begannen. Sie erkannten ihn als einen, in ihrer
Nachbarschaft wohnenden Jungen. Sofort nahm einer der
beiden Männer sein Handy und verständigte die Eltern«.

»Das hat uns gerade noch gefehlt. Hoffentlich haben die
Eltern keine Mitglieder der Gruppe verständigt, die auch
noch hier auftauchen und das Ganze filmen und über's Internet verbreiten. Die benutzen doch alles, um auf ihre "Ge-
wässerschutz Vereinigung" aufmerksam zu machen«.

*

Im Radio spielte man gerade, in SWR1, die Aufzeich-
nung von: "Vom Telefon zum Mikrofon", einer Sendung

25

vom Vorabend. Thekla hatte sich auf der Rückbank ihres
Twingos neben Jana Kaminski, der Freundin ihres Sohnes
David, der vorne neben Robert saß, gemütlich zurückge-
lehnt, die Augen geschlossen und lauschte den Klängen von
"PUR", mit deren Lied "Ich denk an Dich". Das Lied veröf-
fentlichte die Gruppe im Jahr 2003 auf dem Album: "Was
ist passiert". Damals schaffte es der Song auf Platz eins, der
deutschen Charts für mehrere Wochen. Thekla hatte sich damals gerade in Bernd Lay verliebt und die beiden hörten
den Song immer und immer wieder. Nachdem David, ihr
gemeinsamer Sohn, geboren wurde, schien die Zukunft für
beide perfekt. Das "leere Blatt Papier", das Hartmut Engler
in der zweiten Zeile des Liedes besang, wurde von Tag zu
Tag des gemeinsamen Zusammenlebens dieses glücklichen
Paares, beschrieben. Irgendwann, nach langer Zeit, schien
das Blatt bis zum Ende vollgeschrieben. Warum sonst hätte
sich Bernd in eine Kundin seines "Maler und Tapezierer"
Geschäftes verlieben können. Nur wegen ihrer üppigen
Oberweite? Mit der Tochter, genau dieser "Oberweitenträ-
gerin", war David seit etwas über einem Jahr zusammen.

Jana konnte nichts dafür, dass David's Vater damals die Entscheidung getroffen hatte, die Beziehung zu Thekla zu beenden. Zwar versetzte es Thekla anfangs immer einen Stich ins Herz, wenn Jana zu David zu Besuch kam, jedoch nach David's Auszug zu seinem Vater, war die Situation entschärft und zwischenzeitlich war Jana so etwas, wie eine Tochter für Thekla.

»Hoffentlich bleiben wir nicht ganz so lange bei Deinem Vater«, meinte Robert, der gerade die Abfahrt "Bornheim" von der A555 herunterfuhr, »wir müssen schließlich morgen wieder fit sein«

»Aber ich freue mich doch, Opa endlich mal wieder zu sehen« meinte David in Richtung Robert.

Thekla, die aus ihrem Tagtraum gerissen wurde, meinte beschwichtigend: »Wir werden so lange bleiben, wie es Spaß macht. Schließlich hat Opa uns zum Grillen auf seinem Balkon eingeladen. Da will ich nicht von vornherein ein zeitliches Limit setzen«.

Peter Sommer, Thekla's Vater, hatte alles bereits vorbereitet. Auf dem kleinen Grill, der an eine längsseitig aufgeschnittene, überdimensionale Dose erinnerte und dessen oberer Teil geöffnet, mit Scharnieren befestigt, zurückgeklappt war, glühte die Holzkohle und die Grillbriketts. Franziska, die er einige Jahre nach dem Tod von Thekla's Mutter geheiratet hatte, hatte Steaks, Hähnchenschnitzel und Bauchspeck bereits am Vortag in einer selber angerührten Marinade eingelegt. Sie hatte auch Reis- und Kartoffelsalat gemacht, den ihr Mann, ein vor einigen Jahren pensionierter Hauptkommissar und Leiter der Bonner Mordkommission, so sehr mochte. Das Bier und auch Softdrinks waren bereits vor einigen Stunden kaltgestellt worden.

Der Twingo hielt, auf dem von Peter Sommer angemieteten Stellplatz, vor dem Haus "Pützweide 1". David war zuerst draußen und half seiner Freundin vom Rücksitz auszusteigen. Dies registrierte Thekla schmunzelnd mit den Gedanken »Gute Erziehung«. Robert stieg aus und rückte den Fahrersitz des Twingo nach vorne. Gleichzeitig zog er die

28

Rückenlehne vor und half Thekla, die durch die Orthese
sehr in ihrer Beweglichkeit eingeschränkt war, aus dem Wagen. Nur aus diesem Grund durfte Robert den Wagen, den
sie wie ihr Kind liebte, chauffieren. Die Begrüßung an der
Haustüre und der Wohnung war wie immer sehr herzlich.
Thekla nahm sich, wie sie meinte, viel zu wenig Zeit für ihren Vater. Die Beziehung mit Bernd, David's Vater, war in
den letzten Jahren sehr anstrengend und intensiv gewesen.
Dazu noch der stressige Job, - da blieb nicht viel Zeit für ihren Vater. Das jedoch hatte sich geändert, seitdem sie mit
Robert zusammen war. Gerade er war es, der mehr "auf Familie" bedacht war und Thekla zu mehr Nähe zum Vater
drängte. »Wenn er nicht mehr da ist, wärst Du froh, mehr
Zeit mit ihm verbracht zu haben«, hatte er mal zu Thekla
gesagt. Diese Worte hatten ihr zu denken gegeben.

Als Thekla während des Essens auf dem Balkon, aufstand, um zur Toilette zu gehen, folgte ihr der Vater in einem kurzen zeitlichen Abstand, um in der Küche auf sie zu
warten. Sie musste vom Badezimmer zum Balkon an der

Küchentüre vorbeigehen. Als sie kam, sagte Peter Sommer leise: »Thekla, - komm doch mal bitte her«.

Sie ging mit besorgtem Blick zu ihrem Vater. »Was ist denn? Geht es Dir nicht gut? « fragte sie.

»Nein«, antwortete er, »mir geht es um Dich. Hat der Bruch Deines linken Ellenbogens irgendeine Auswirkung auf Deine Auswahl in die Sonderkommission des BKA? Hast Du denen das schon mitgeteilt? «

»Ja klar habe ich das mitgeteilt. Vorsichtshalber habe ich das Ganze bereits gemeldet. Die Krankmeldung wird in der elektronischen Personalakte vermerkt, so bin ich eventuellen Recherchen des BKA zuvorgekommen. Ich hatte mich so gefreut, das Auswahlverfahren für eine der zweiunddreißig bundesweit ausgeschriebenen Stellen geschafft zu haben und zu einer der beiden Personen zu gehören, die für NRW zuständig sind. Ich hoffe sehr, dass ich nun immer noch dazugehöre und mein Training, insbesondere mein wöchentliches Kick-Box-Training nicht umsonst war«.

»Kopf hoch Kleines, - wenn Du bis jetzt noch nichts gehört hast, wird alles gut sein. Die sind in solchen Sachen
nämlich immer fix. Es geht schließlich um die Sicherheit
unseres Landes«, meinte der Vater beruhigend.

Thekla wusste zu diesem Zeitpunkt noch nicht, dass Robert am Nachmittag einen Brief vom BKA, an Thekla adres-
siert, aus dem Briefkasten geholt hatte. Er wollte ihn erst
nach dem Grillbesuch beim Vater an Thekla übergeben.
Vielleicht würde ja etwas Unangenehmes darinstehen.

*

Jana Kaminski hatte das Frühstück zubereitet und
brachte die Spiegeleier zum Tisch, als Thekla und Robert
nach einem erholsamen Schlaf, die Treppe aus ihrem

Schlafzimmer kommend, herunterkamen. Jana hatte mit David in dessen früherem Jugendzimmer übernachtet, in dem immer noch das Bett von David stand, obwohl es längst zum Arbeitszimmer für die Kriminalisten umfunktioniert worden war. Thekla hatte auf die Übernachtung bestanden, da David am Vorabend Bier getrunken hatte und nicht mehr mit dem Motorroller fahren durfte.

»Guten Morgen zusammen«, begrüßte sie lachend die beiden, die sehr überrascht waren.

»Also«, meinte Robert scherzhaft lächelnd, »meinen Segen zur Hochzeit habt Ihr, wenn Du das hier öfter machst«. Dabei zeigte er auf den liebevoll gedeckten Frühstückstisch. Bevor sie sich an den Tisch setzten, fiel Robert der Brief ein, den er gestern Thekla nicht übergeben hatte. »Den hier«, dabei griff Robert auf den Kaminsims des kleinen offenen Kamines, »habe ich total vergessen, Dir zu geben. Es ging gestern Nachmittag alles ziemlich schnell«.

Thekla nahm den Brief in die Hand, las den Absender und zog sich vom Essbereich in das angrenzende Wohnzimmer zurück. Während Robert, Jana und David sich Kaffee einschenkten und mit dem Frühstück begannen, las Thekla die nüchtern abgefassten Zeilen. Unter anderem stand da:

» ... und müssen, in Anbetracht Ihrer körperlichen Eingeschränktheit, wobei nicht abzusehen ist, ob eine einhundertprozentige Wiederherstellung gegeben ist, von einem Dienst, in der von Ihnen angestrebten Position innerhalb der Spezialeinheit, absehen. Bitte sehen Sie in unserer Entscheidung ...«

Thekla senkte den Brief und setzte sich mit dem Rücken zu den anderen, auf die Armlehne eines Sessels. Leise begann sie zu weinen und die Tränen rollten über ihre Wangen. Monatelang hatte sie in den zahlreichen schriftlichen und mündlichen Prüfungen während des Auswahlverfahrens, ihr Bestes gegeben, hatte ihre körperliche Fitness bis an ihre eigene Leistungsgrenze ausgereizt, hatte sich beim Kick-Boxen bis zur Erschöpfung ausgepowert. Und nun dieser lapidare Brief mit der Absage. Robert bemerkte die Abwesenheit Theklas erst, als er sich gesättigt zurücklehnte. Er schaute ins Wohnzimmer, stand auf und näherte sich Thekla von hinten mit einem Lächeln auf den Lippen und ausgestrecktem Arm, den er Thekla um die Schultern legte, als er sagte:

»Mausi, hast Du denn gar keinen Appetit? Wir müssen gleich ins Präsidium«

Thekla schaute ihn nicht an. Ihr Blick war immer noch leer und gleichzeitig waren die Augen mit Tränen gefüllt. Sie schaute in die Ferne, - irgendwohin und doch nirgendwohin. Wortlos reichte sie den Brief in Robert's Richtung.

*

Die Besprechung und Einteilung der einzelnen Teammitglieder im Besprechungsraum des Präsidiums begann mit einer Überraschung. Das Ergebnis der, noch in der Nacht durchgeführten Obduktion des Schweizers, Louis Krüger, hatte keinen Befund ergeben, der auf die Todesursache hindeutete. Es war kein äußerlicher Befund erkennbar, aber auch keine Substanz im Blut nachweisbar, die auf eine Vergiftung deuten würde. Auch der Mageninhalt hatte keine Auffälligkeiten ergeben. Keine fremde Substanz, keine Drogen, kein Gift. Weitere Untersuchungsergebnisse der Organe würden im Laufe des Tages nachgereicht.

»Wurde das Liquid der e-Zigarette untersucht? Hast Du den Bericht des Jungen, der an der Burg Wissem gefunden wurde, vorliegen? Was war denn da in der e-Zigarette und dem Liquidfläschchen, was er bei sich hatte? « wollte Robert wissen.

»Das waren jetzt einige Fragen auf einmal aber keine kann ich beantworten. Mehr Infos habe ich hier nicht«, Thekla blickte in Richtung der Kollegin, die für die Recherche vom Präsidium aus zuständig war »kannst Du mal bitte bei der Gerichtsmedizin nachhören, ob sie schon weitere Ergebnisse haben? «

Sybille nickte und verließ sofort den Raum.

»Seltsam«, bemerkte Lisa, »keine Anzeichen für Gift? Dabei habe ich doch genau gesehen, wie er nach Luft gerungen hatte, bevor er zusammengebrochen war«

»Ja«, bestätigte Robert, »das wundert mich nun allerdings auch«.

»Wie dem auch sei«, meinte Thekla, »wir müssen mit der Ermittlungsarbeit beginnen. Der Tote hatte eine elektronische Keycard eines Hotels in Troisdorf-Sieglar in der Tasche. Wir gehen dorthin und recherchieren, was er bei sich

hatte, wie lange er bereits dort wohnte und wie lange er vor-
hatte zu bleiben. Lisa, Du kümmerst Dich bitte darum, wo
der Tote in der Schweiz arbeitete und ob er beruflich hier
war oder als Urlaubsgast. Weiterhin möchte ich wissen, was
der Mann beruflich machte. Peter, Du fährst bitte zu den Eltern des toten Armin Stall. Ich will alles über den Jungen
wissen, Gewohnheiten, Freunde, Schule, Freizeit, eben alles, was uns ein Bild von dem Jungen bringt«.

Die Türe ging auf und Sybille kam herein.

»Also«, begann sie stockend, »die waren recht unfreund-
lich am Telefon. Wir würden immer einen solchen Stress
machen und sie nicht in Ruhe arbeiten lassen. Die Obduktion des Jungen hat ebenso wenig Ergebnisse gebracht, wie
die des Schweizers. Die Kollegen waren bei meinem Anruf
gerade dabei, den offiziellen Befund, der Loboranalysen der
beiden Liquidproben aus der e-Zigarette und dem Liquid-
Fläschchen, zu verfassen und abzusenden. Vorab habe ich
allerdings schon die mündliche Aussage erhalten. In beiden

Fällen wurde nach sehr langer Suche und Analyse, ein Kontaktgift nachgewiesen. Es handelt sich um "VX", einem rein chemisch hergestellten Gift, was über die Haut aufgenommen werden kann, aber auch in flüssiger Form als gelblich, zähflüssige Substanz, eine mögliche Erscheinungsform hat. So war "VX" auch sehr leicht in das gelbliche Liquid zu mischen. Dieses Gift ist nach bisherigen Erkenntnissen, nach der Aufnahme über Hautkontakt nicht nachweisbar. Einzig in der Lunge beider Toten, wurden kleine Bläschen festgestellt, die, nach Freisetzung des Giftes im Atmungsorgan, unweigerlich den Erstickungstod brachten. Die Laboranten stießen, wie bereits gesagt, auf das Gift, nachdem sie das Liquide untersuchten und eine Substanz fanden, die nicht üblicherweise in die Liquides gehört. Beim Abgleich mehrerer europäischer Datenbanken nach diesem Stoff, stellte sich heraus, dass es sich um den Nervenkampfstoff "VX" handelt. Mit diesem Stoff wurde, so ging es seinerzeit durch die Presse und ich habe es auch bei Wikipedia nachgelesen, mutmaßlich jüngst, das heißt im zweiten Jahrtausend, ein tödlich endender öffentlicher Anschlag auf einem Flughafen, auf einen hochrangigen Amtsträger verübt. Bei einem anderen Anschlag wurde auch gleichzeitig die Tochter der Zielperson vergiftet.

Alle Anwesenden hatten wie schockiert, den Ausführungen zugehört. Ein chemisches Nervengift? Hier in einem Mordfall im idyllischen Rhein-Sieg-Kreis? Das hätte keiner für möglich gehalten. Thekla reagierte sofort.

»Also Leute, bevor die Kollegen vom BKA und vom Staatsschutz, diese Meldung erhalten und dann mit dutzenden Fachkräften, hier die Ermittlungen übernehmen und uns das Zepter aus der Hand nehmen, möchte ich, dass wir diesen Fall mit Hochdruck bearbeiten und lösen. Schließlich ist es in unserer unmittelbaren Nähe am Nachbartisch geschehen. Also los, - die Aufgaben sind bereits verteilt. Wir sehen uns heute Abend hier wieder und tauschen uns aus«.

Thekla stand auf und beendete das Meeting.

*

Doris Kaminski öffnete die Haustüre zu dem gemieteten Haus in Siegburg-Kaldauen, das nur einige Parallelstraßen zu dem Haus lag, welches Bernd Lay, David's Vater, bewohnte. Bernd hatte sich vor etwa über einem Jahr von Thekla, David's Mutter, getrennt. Er hatte, wie er meinte, seine große Liebe in Doris gefunden. David verliebte sich in Jana, Doris' Tochter, die zu allem Glück in die gleiche Schule ging, wie er. Eines Tages funkte es zwischen Jana und David und die Beiden wurden ein Paar. Sie trafen sich, wann immer sie konnten. Auch einen kurzen Urlaub in Ostfriesland verbrachten die Beiden, in Begleitung von Jana's leiblichem Vater.

»Jana? Bist Du da? « fragte Doris, als sie die Haustüre hinter sich geschlossen hatte. Da sie keine Antwort erhielt, hing sie die Jacke an die Garderobe, zog die Schuhe aus und ging in die obere Etage, in der sich die Schlafräume und das Badezimmer befanden. Sie wollte schnell unter die Dusche springen, da sie in ungefähr einer Stunde mit Bernd verabredet war. Sie wollten erst ein wenig kuscheln und danach beim Italiener, in der Siegburger Marktpassage, etwas essen gehen. Noch auf der Treppe knöpfte sie rasch ihre Bluse auf und zog sie aus. Sie drückte bereits die Klinke der Badezimmertüre nach unten, als sie ein Geräusch aus Jana's Zimmer hörte. Schnell wollte sie Jana Bescheid sagen, dass sie nun im Bad sei, um schnell zu duschen. Vorsichtig öffnete sie die Türe zu Jana's Zimmer, stockte allerdings, als dies etwa fünf Zentimeter geöffnet war. Erschrocken blieb Doris stehen und war verblüfft von dem, was sie sah. David lag nackt auf dem Rücken in dem Bett ihrer Tochter und diese saß, in Beckenhöhe auf ihm. David fing an sehr heftig zu atmen, was Jana veranlasste hastig aufzustehen, sich neben das Bett zu knien und ihr Gesicht in Höhe seines Beckens abzusenken.

»Mach schnell die Türe zu«, dachte Doris, leicht irritiert von dem, was sie gerade gesehen hatte.

Doris merkte, wie ihre Wangen heiß wurden. Es war ihr sehr peinlich, einfach so die Türe geöffnet zu haben. »Na ja, - die Kleine ist nicht mehr "die Kleine", dachte sie. Als sie dann im Badezimmer unter der Dusche stand, merkte Doris, dass das eben Gesehene anscheinend eine gewisse Wirkung auf sie gehabt hatte. Ihre Lust auf das "Kuscheln" mit David's Vater hatte sich erhöht.

*

Peter Ludwig wählte den Weg von Siegburg kommend, über die Luisenstraße vorbei an der JVA in Richtung Troisdorf. Er folgte der B8, vorbei am Troisdorfer Bahnhof, um

dann an der Stadtverwaltung, dem ehemaligen sechsge-
schossigen Verwaltungsgebäude der Dynamit Nobel AG
nach links in Richtung Troisdorf-Spich, abzubiegen.

*

Um das Jahr 1880, siedelte sich die Firma des Chemi-
kers Alfred Nobel in Troisdorf an. Hier man mit der Herstellung von pulverisiertem Sprengstoff und Nitroglycerin in
großen Mengen. Die Firma wuchs zu einem der wichtigsten
Lieferanten der privaten Wirtschaft und der Verteidigungs-
kräfte. Alfred Nobel verfügte, dass nach seinem Tod mit
dem erwirtschafteten Vermögen eine Stiftung gegründet
werden solle. Aus ihr gingen die, auch heute noch verliehe-
nen "Nobel-Preise" hervor, die aus den Zinsen und Beteili-
gungen des damaligen Vermögens, bestritten werden. In den
1960er Jahren wurden viele Teile des Betriebes umstruktu-
riert und erweitert. Eine Großproduktion für chemische Fer-
tig- und Halbfertige Produkte entstand. Im Jahre 2004 ver-
kauften die zwischenzeitlich gewechselten Eigentümer, die

Sparte "Chemie", wobei das Unternehmen "Dynamit Nobel" zerschlagen wurde und sich in mehrere, heute immer noch dort ansässig Unternehmen, aufsplitterte.

*

Hinter dem sehr großzügig angelegten Firmengelände begann der Stadtteil "Spich". Nach einigen hundert Metern meldete sich das Navi: "An der nächsten Ampel rechts in die Waldstraße, dann die nächste links in die Straße: "Spicher Platz". Dort wohnte die Familie Stall, die durch unglückliche Umstände, ihren Sohn Armin verloren hatte. Peter parkte genau vor dem Grundstück und klingelte an der Haustüre. Eine Frau in seinem Alter, öffnete ganz in schwarz gekleidet, die Haustüre.

»Ja bitte? « fragte sie.

Peter Ludwig hielt seinen Dienstausweis hoch und stellte sich vor:

»Guten Tag, Ludwig, Kripo Siegburg. Sind Sie Frau Stall? «

»Frau Stall, mein herzliches Beileid. Wir untersuchen den Todesfall Ihres Sohnes und hätten da einige Fragen zu Ihrem Sohn«.

Im Hintergrund des Hausflures öffnete sich eine Türe. Ein bullig wirkender Mann in Jogginghose und Unterhemd kam an die Türe und legte seinen Arm demonstrativ um die Schultern der Frau.

»Was gibt's denn? Was wollen Sie? «

Peter hielt erneut seinen Ausweis hoch und stellte sich erneut vor.

»Was gibt's denn? Können wir nicht in Ruhe um unseren Sohn trauern? Müsst Ihr mit Euren lästigen Fragen stören? «

»Herr Stall«, Peter ging einfach davon aus, dass es sich um den Ehemann der Frau handeln würde, »wir müssen den Mord an einem Mann in Troisdorf und den Tod Ihres Sohnes aufklären. Wir haben im Zuge der gesamten Ermittlungen auch Fragen an Sie, die Ihren Sohn betreffen«.

»Also, - erst einmal heiße ich nicht Stall, mein Name ist Rudolf Frings. Den Stall, den hab ich vor zwei Monaten vor die Türe gesetzt, nachdem er meiner Liebsten, also seiner Ehefrau eine gelangt hatte. Zweitens, - wieso sprechen Sie von einem Mord an einem Mann, aber nur dem Tod von Armin? Armin ist doch ganz klar auch ermordet worden«.

Peter Ludwig kniff die Lippen zusammen und überlegte kurz, wie er jetzt den Sachverhalt erklären sollte?

»Herr Frings, - der §211 des Strafgesetzbuches besagt sinngemäß, dass Mord eine willentlich geplante Handlung darstellt, einem Menschen aus Mordlust zur Befriedigung des Geschlechtstriebs, aus Habgier oder aus sonstigen niederen Beweggründen, heimtückisch oder grausam oder mit gemeingefährlichen Mitteln oder um eine andere Straftat zu ermöglichen oder zu verdecken, das Leben zu nehmen. Ich würde diesen unglücklichen Todesfall nicht als Mord definieren, da er weder willentlich noch geplant war, sondern eventuell als "fahrlässige Tötung"«.

An dem gegenüberliegenden Haus wurde die Haustüre geöffnet und der Wohnungsinhaber schaute neugierig herüber, wer denn da zu Besuch gekommen sei.

»Kommen Sie mal rein«, bestimmte der unwirsch erscheinende Rudolf Frings, und fasste Robert an die Schulter, wobei er ihn in den Flur der Wohnung dirigierte. Robert testete beim Betreten des Flurs unauffällig den Sitz seiner Dienstwaffe im Schulterholster. Ihm war nicht so ganz wohl, als er die Wohnung betrat.

»Also, - wir sehen das ganz anders. Für uns war das eindeutig Mord, oder meinen Sie, der Junge hätte sich selber getötet? Was genau wollen Sie eigentlich hier? Warum sind Sie gekommen? «

Robert stellte sich aus Gründen der, bei der Polizei beigebrachten Eigensicherung, eine Armlänge vor dem Mann hin.

»Wir möchten gerne wissen, was der Junge für ein Mensch war, mit wem er Umgang hatte und vor allem, welche soziale Rolle er in dieser "Elbsteingruppe" spielte?«

Die Mutter des Jungen fing an zu schniefen und unter Tränen erzählte sie, dass es sich um einen guten Jungen gehandelt hatte, der sich immer liebevoll um sie gesorgt und sich in die Familie gut integriert hatte. Er sei manchmal gerne in die Schule gegangen, hauptsächlich dann, wenn Sport gewesen war. Er präsentierte gerne seine Ballkünste. Mit seinen Freunden sei er fast immer auf dem Fußballplatz gewesen, der schräg gegenüber dem Hause ist, in dem sie wohnten. Bei der Sache mit der Elbsteingruppe schaute sie fragend zu Herrn Frings. Dieser übernahm mit den Worten:

»Die haben sich vor einigen Jahren in Hamburg gegründet. Die starke Verschmutzung der Elbe, wahrscheinlich durch den übermäßigen Schiffsverkehr im Hamburger Hafen verursacht, war ihnen ein Dorn im Auge. Man konnte entlang der Elbe auch weit außerhalb des Hafens, die Steine im Wasser nicht mehr erkennen, da diese durch die ganzen Abwässer der Schiffe und Werften, möglicherweise auch durch das Einlassen giftiger Substanzen, verunreinigt waren. Die Gruppe kämpft mittlerweile deutschlandweit für die Reinhaltung aller Flüsse und anderer Gewässer. Schauen Sie sich doch mal die Verschmutzung des Rheins an. Das beginnt in Ludwigshafen über Mainz, was weiß ich nicht wo alles, bis über Wesseling, Leverkusen, Dormagen und weiter bis nach Holland. Ich rege mich jetzt schon wieder auf darüber, wofür der Junge alles gekämpft hatte, und wofür? Jetzt ist er tot«.

Frings öffnete die Haustüre, da sie sich die ganze Zeit im Flur der Wohnung aufgehalten hatten, fasste Peter Ludwig wieder hinter den Rücken und wollte diesen nach draußen drängen.

»Nicht anfassen! « sagte dieser so laut, dass Rudolf Frings erschrak.

Dieser fasste sich jedoch schnell wieder und meinte, ebenso laut:

»Jetzt aber raus hier. Wir werden einen Anwalt einschalten. Dieser wird Ihnen schon zeigen, was für ein guter Junge Armin war und dass sein Tod doch ein Mord war. Eines sage ich Ihnen noch: Beeilen Sie sich, das Schwein zu finden, der das gemacht hat, bevor ich und meine Kumpels den finden«.

Nach diesen Worten wurde, die Haustüre hastig geschlossen, als Peter die zwei Treppenstufen zur Straße heruntergegangen war.

*

Lisa's Aufgabe war es herauszufinden, für wen der Tote gearbeitet hatte. Es erwies sich für schwieriger als gedacht. Bei der, in dem Ausweis stehenden Adresse, waren zwei Telefonanschlüsse registriert. Bei dem, auf den Toten angemeldeten Anschluss, sprang der Anrufbeantworter an mit dem Hinweis, man möge eine Nachricht hinterlassen. Bei der anderen registrierten Nummer unter der Adresse, meldete sich niemand. Offenbar handelte es sich um einen Nachbarn im gleichen Haus, da der Name des Eingetragenen ein anderer war. Lisa schaute nach weiteren Einträgen mit dem Namen "Krüger" am Wohnort des Toten. Sie fand zwei Einträge, einen davon sogar in der gleichen Straße. Lisa wählte eine der Nummern. Nach dem dritten Klingeln wurde das Gespräch angenommen.

»Amelie Krüger«, meldete sich eine jugendlich klingende Stimme.

»Ja, guten Tag, hier ist Lisa Drollig von der Kriminalpolizei Siegburg, Deutschland. Entschuldigen Sie, kennen Sie einen Louis Krüger? «

»Wer ist da? Kriminalpolizei Deutschland? Ja was wollen Sie denn von Louis? «

»Sie kennen Louis Krüger, der in Ihrer Straße wohnt? « fragte Lisa.

»Ja, - Louis ist mein Mann. Wir leben zwar getrennt, sind aber noch nicht geschieden. Was ist denn mit Louis? «

»Frau Krüger, können Sie mir bitte sagen, wo Ihr Mann arbeitet? Es ist sehr wichtig für uns«

»Also entschuldigen Sie mal bitte, aber ich hatte Ihnen eine Frage gestellt. Was ist denn mit Louis? Warum fragen Sie ihn nicht selber? «

Lisa atmete tief durch, dann meinte sie:

»Frau Krüger, - Ihr Mann ist hier einem Gewaltverbrechen zum Opfer gefallen und leider verstorben. Aus diesem Grund brauchen wir die Information, ob er sich hier im Urlaub befand oder ob er sich hier beruflich aufhielt. Sollte er beruflich hier gewesen sein, kennen Sie seinen Arbeitgeber? «

Am anderen Ende der Leitung war es einige Minuten sehr still.

»Frau Krüger? Sind Sie noch dran? « fragte Lisa.

»Ja, - Entschuldigung, - ich bin nur gerade wie vom Blitz getroffen. Wie ist denn das passiert? «

»Frau Krüger, wir sind hier am Anfang von laufenden Ermittlungen. Ich kann Ihnen dazu keine Auskünfte geben, schon gar nicht, weil Sie nicht mehr mit ihm verheiratet sind. Also, - können Sie mir sagen, wo Louis Krüger gearbeitet hat? «

»Ja klar«, meinte Frau Krüger, »in einem international tätigen Architekturbüro in Basel. Die planen Stauseen, Tunnelanlagen, Bergwerke und so weiter. Ich glaube, das ist die Firma "Global Bau Holding GmbH". Louis war immer viel im Ausland, Bangladesch, Malaysien, Kamerun, aber was er jetzt in Deutschland wollte, -- davon habe ich keine Ahnung. Wann und wo wird er denn beerdigt? Hat sich schon jemand darum gekümmert? «

»Frau Krüger, vielen Dank für Ihre Auskünfte, aber dazu kann ich Ihnen noch nichts sagen. Wir setzen uns gerne mit Ihnen in Verbindung, wenn der Leichnam letztendlich von der Rechtsmedizin freigegeben wird. Wollen Sie das? «

»Auf jeden Fall! Er soll doch hier in seiner Wahlheimat und in meiner Nähe, beigesetzt werden«.

»Okay, wir melden uns dann bei Ihnen«, sagte Lisa. Nachdem sie das Gespräch beendet hatte, dachte sie »Die hat ihn doch tatsächlich noch geliebt. Kein Wunder, so gut wie der aussah. Das habe ich ja selber in der Eisdiele gesehen«. Sie ertappte sich dabei, wie sie bei den Gedanken an den Flirt, etwas wehmütig wurde.

Das anschließende Telefonat mit der Basler Holding Gesellschaft verlief ernüchternd. Zwar bestätigte man, dass Herr Louis Krüger für das Unternehmen tätig sei und man sich den deutschen Behörden gegenüber auch kooperativ zeigen wolle, dies möge aber bitte über den schriftlichen Weg geschehen. Auch eine E-mailanfrage würde akzeptiert.

*

»Bei Ihnen ist ein Herr Louis Krüger abgestiegen? «
Thekla fragte den Rezeptionisten des Hotels zunächst voll-
kommen höflich und tat nichtsahnend.

Der junge Mann, wahrscheinlich noch in der Ausbildung,
sehr adrett aber mit Krawatte und Blazer zu warm für diese
Jahreszeit gekleidet, schaute im Computer nach.

»Ja«, gab er als Auskunft, »wen darf ich anmelden?«

»Nein Danke«, sagte Thekla, »wir hätten gerne den Ho-
telmanager gesprochen«.

Der junge Mann hinter dem Anmeldungstresen schaute
verwirrt. »Wir haben eine Hotelmanagerin, - Frau Schönfelder, - habe ich irgendetwas verkehrt gemacht? « schuldbe-
wusst schaute der junge Mann zu den Kriminalbeamten.

Thekla schmunzelte. Kopfschüttelnd meinte sie: »Nein, gar nicht«. Sie zeigte ihren Dienstausweis und auch Robert zückte nun den seinigen. »Wir sind von der Kriminalpolizei in Siegburg und hätten nur gerne Frau Schönfelder gesprochen. Es geht um Ihren Gast, Herrn Krüger«.

Der junge Mann drehte sich etwas zur Seite, als er leise telefonierte. Immer wieder bekräftigte er sein Gesagtes, indem er nickte.

»Frau Schönfelder kommt sofort. Bitte nehmen Sie dort in der Lobby Platz. Darf ich Ihnen etwas zu trinken bringen? Kaffee? Wasser? «

Noch ehe Robert zu Wort kommen konnte, meinte Thekla in bestimmendem Ton aber freundlich lächelnd: »Nein Danke, nicht nötig«. Sie wusste nur zu genau, dass Robert sich jetzt Beides bestellt hätte. Das Wasser gegen den Durst und den Kaffee, um in gemütlicher Runde die Befragung mit dem Genuss des Kaffees abzurunden. Sie waren aber nicht zum Vergnügen hier, - sie hatten die Aufgabe, ein

Verbrechen aufzuklären. Außerdem wollte Thekla nun möglichst jede kleine Verzögerung umgehen, da die Kollegen des BKA den Fall bestimmt an sich ziehen würden, sobald sie von der Art des Mordgeschehens hörten.

»Guten Tag, die Herrschaften, was kann ich für Sie tun? « Frau Schönfelder kam strammen Schrittes aus dem Bereich des Restaurants mit ausgestreckter Hand auf die Beiden zu.

Wieder zückten die Beiden ihre Dienstausweise und hielten sie in Richtung der Fragenden.

»Sommer, mein Kollege Hanf, Kripo Siegburg. Wir kommen wegen eines Gastes von Ihnen, Herrn Krüger«.

»Wie kommen Sie darauf, dass der Herr, Gast bei uns ist? «, fragte Frau Schönfelder.

»Der junge Mann«, Robert zeigte auf den Mann an der Anmeldung, »war bereits so freundlich uns das zu bestätigen. Außerdem haben wir bei Herrn Krüger diese Zimmerkarte gefunden, worauf der Name des Hotels geschrieben steht. Wir gehen davon aus, dass es sich um die Keycard des Zimmers handelt«.

Frau Schönfelder wollte nach der Karte greifen, jedoch zog sie schnell wieder die Hand zurück.

»Wie? Sie haben die Karte bei ihm gefunden? Warum kommt er denn nicht selber her? Ist etwas mit ihm passiert? « fragte die Hotelmanagerin, ohne eine Miene zu verziehen.

»Herr Krüger ist gestern einem Gewaltverbrechen zum Opfer gefallen. Wir ermitteln nun in einem Mordfall und würden gerne das gebuchte Zimmer sehen. Wie lange war Herr Krüger schon hier und für wie lange hat er gebucht? « wollte Thekla wissen.

Frau Schönfelder stand auf und ging zum Empfang, um im Computer nachzuschauen. Die beiden Beamten folgten ihr.

»Hier«, sagte die Dame, nachdem sie den entsprechenden Eintrag gefunden hatte, »er hatte vor fünf Tagen eingecheckt und für insgesamt vierzehn Tage gebucht, mit der Option auf Verlängerung«.

»Wissen Sie, ob er beruflich hier war? « fragte Robert.

»Ja, - er erwähnte dass er beruflich in der Eifel eine größere Sache zu erledigen hätte, aber hier bei uns abgestiegen sei, da er bei einer ehemals weltberühmten Pianistin, die jetzt in Oberlar wohnt, seine eigenen, eher bescheidenen Klavierkenntnisse perfektionieren wolle. Er schmunzelte so nett, als er mir das sagte. Er war ein so netter und charmanter Gentleman«, schwärmte Frau Schönfelder.

»Haben Sie den Namen und die Anschrift dieser Pianistin?« wollte Robert wissen, der schon einen Stift und seinen Notizblock gezückt hatte.

Die Angesprochene schüttelte den Kopf. »Nein, leider nicht, ich mache mir nichts aus Klaviermusik«.

Thekla drehte sich zu Robert »Ich möchte jetzt gerne das Zimmer sehen. Welche Nummer steht auf der Karte? «

Robert zog die Karte aus seiner Jackentasche und meinte »Dreihundertdrei«.

Als sie in Richtung Aufzug gingen, beeilte sich Frau Schönfelder schnellen Schrittes, die Beiden vor dem Aufzug einzuholen. »Ich zeige Ihnen gerne den Weg«, meinte sie, als sie sich in den Aufzug drängelte.

»War das Zimmermädchen heute schon im Zimmer? « wollte Thekla wissen.

»Selbstverständlich«, antwortete die Hotelmanagerin, »unsere Gäste sind es gewohnt, dass das Housekeeping am frühen Vormittag die Zimmer reinigt«.

Sie gingen den Flur in der dritten Etage entlang. Am Ende lag das Zimmer auf der linken Seite. Thekla zog die Magnetkarte durch den Schlitz an der Türe. Die Türe sprang leise auf. Nach Betreten des Zimmers merkte Thekla sofort, dass hier frisch gelüftet wurde. Ein feiner Duft von Damenparfüm lag dennoch in der Luft. Im kleinen Badezimmer stand ein sauberes Zahnputzglas mit Zahnbürste. Es schien, die von Herrn Krüger zu sein, da sie nicht wie eine der billigen Einmalausführungen aussah, die von den Hotels zu Verfügung gestellt werden. Weiterhin stand auf dem Sims, neben dem Spiegel, ein schwarzer Kulturbeutel. Ein Sakko hing säuberlich über der Stuhllehne am Schreibtisch. In der linken Innentasche des Sakkos steckte ein kleiner Kalender in Form eines Wochenplaners. Diesen nahm Thekla an sich, um ihn später im Präsidium zu inspizieren. Das Bett war ordentlich gemacht. Thekla öffnete den Einbauschrank. Darin befanden sich einige Hemden auf Bügeln, drei Stoffhosen, einige Poloshirts, ein Paar Ersatzschuhe, Unterwäsche und Socken. Der Koffer, mit dem Herr Krüger wohl angereist war, stand verschlossen neben dem Schrank. Thekla schaute sich weiter im Raum um. Thekla drehte sich etwas um ihre eigene Achse und schaute sich den Rest der Einrichtung an. Als sie den Safe bemerkte, fragte sie: »Kennen Sie die Kombination? Ich würde da mal gerne reinschauen«.

Frau Schönfelder schien etwas irritiert, als sie sagte: »Jeder Gast kann selbstverständlich seinen eigenen Code speichern, sonst wäre es ja keine sichere Aufbewahrung«.

»Ich kenne das System«, entgegnete Thekla etwas ungehalten, »ich war auch schon als Gast in mehreren Hotels«.

»Und auch in weit luxuriöseren« fügte Robert etwas hämisch hinzu. Er konnte es nicht leiden, wenn man die Frau, die er liebte, für dumm hielt.

»Es gibt doch bestimmt einen Generalcode, für den Fall, dass ein Gast seinen eingestellten Code vergisst oder für einen Fall wie den, der jetzt vorliegt«, meinte Thekla.

»Ja, den gibt es«, antwortete Frau Schönfelder.

»Und?«, fragte Robert, mit einem gelangweilten Unterton, »wer hat diesen Code? «

»Den habe ich und mein Stellvertreter, Herr Cornelis. Er ist aber schon seit zehn Tagen in seinem Jahresurlaub«.

»Dann machen Sie doch bitte jetzt den Safe auf«, Robert zeigte in Richtung des Wandsafes.

Als Frau Schönfelder sichtlich eingeschüchtert durch die barsche Anweisung Roberts, in Richtung des Safes ging, sagte Thekla plötzlich:

»Halt, - nicht berühren. Wir verlassen jetzt alle den Raum« und zu Robert gewandt fügte sie hinzu, »wir versiegeln das Zimmer. Ich möchte, dass sich die Spurensicherung hier umschaut. Vielleicht hat das Zimmermädchen etwas übersehen und die Spusi findet noch etwas«.

»Was sollen die denn finden? Sie sehen doch selber, dass hier alles in Ordnung ist« meinte die Managerin, »aber bitte, - wie Sie meinen«.

Wieder vor dem Hotel stehend fragte Robert, »Wieso habe ich denn jetzt das Zimmer versiegelt? Da war doch alles in Ordnung. Wieso sollte die Frau denn auf einmal doch nicht den Safe aufmachen? «

»Robert«, meinte Thekla, »ich weiß es auch nicht so genau«, dabei strich sie sich mehrmals mit großen kreisenden Bewegungen über ihren Bauch, »ich hatte auf einmal wieder so ein verdammt komisches Gefühl hier«. Thekla zeigte auf ihren Bauch.

»Ach Herrje«, meinte Robert, »die Dame hat wieder ihr "Bauchgefühl" und streicht sich über den Bauch, wie eine Wahrsagerin über ihre Glaskugel. Deshalb soll jetzt die KTU hier ihr Programm abspulen? «

Thekla nickte und ging in Richtung ihres Twingo's. Der Wagen war fast erreicht, als Thekla anhielt und meinte: »Lass uns doch noch einmal zu der Eisdiele gehen. Ich möchte mir noch einmal alles ins Gedächtnis rufen. Einige Hundert Meter weiter, setzten sie sich im Außenbereich der Eisdiele unter die aufgespannten Sonnenschirme. Es hatte den Anschein, als würde es bald einen kleinen Regen-schauer geben, dennoch waren die Plätze gut besetzt. Thekla wollte gedanklich am Ort des Geschehens noch ein-mal die Situation vom Vortag nachempfinden. Sehr oft hat-ten sich in der Vergangenheit bei dieser Vorgehensweise, Ideen oder wie Thekla es nannte, Eingebungen ergeben. Sie bestellten sich das gleiche wie einen Tag zuvor und genossen die Eisspezialitäten bei der schwülen Hitze. Die Passanten in der Fußgängerzone schlenderten an den Geschäften vorbei. Robert sah ihn als erstes.

»Was ist das denn für ein komischer Hund?«, fragte er, in Richtung eines kleinen, auffällig gemusterten Hundes schauend, der von einem Pärchen, etwa Ende Vierzig, an der Leine geführt wurde. Thekla folgte dem Blick Roberts und meinte entzückt:

»Oh mein Gott, ist der süß«. Thekla schien sich "schock-verliebt" zu haben, denn Robert schien seinen Ohren nicht zu glauben. Hatte sich Thekla doch bisher eher gegen ein Haustier ausgesprochen. »Das ist eine Old English Bull-dog«, meinte Thekla, »leider hier in NRW als Kampfhund eingestuft«.

»Woher willst Du das so genau wissen? « meinte Robert, mit einem Grinsen im Gesicht.

»Entschuldigung«, rief Thekla zu dem Pärchen, das den Hund an der Leine führte, als diese die Höhe der Eisdiele erreichten, »darf ich Sie mal was fragen, wegen des Hundes?«

»Gerne«, antwortete der Mann, der den Hund führte. Sie kamen an den Tisch. Robert wich etwas mit den Beinen zurück, während Thekla sich zu dem Hund beugte, der schwanzwedelnd und scheinbar lächelnd, vor ihr stand.

»Was ist das für eine Rasse?« fragte Thekla.

»Das ist eine Old English Bulldog. Eine Züchtung, die etwa 1975 begonnen wurde. Der Züchter wollte erreichen, dass die Hunde wieder besser atmen können, bedingt durch eine längere Schnauze und auch nicht mehr kupiert werden. Deshalb auch die längere Rute«.

Thekla schaute in Richtung Robert.

»Siehst Du, hab' ich Dir doch gesagt«, zu mehr kam sie nicht, da sich auch der Hund in Thekla verliebt zu haben schien. Er drückte sich fest an sie und forderte mit seinem Kopf an ihrem Bein reibend, immer wieder auf, gestreichelt zu werden.

»Wie schwer ist der denn? Er sieht sehr bullig aus?«, wollte Robert nun wissen. Er wollte die Aufmerksamkeit auf sich ziehen, da er der Meinung war, das Geschmuse mit dem Hund sei ihr lästig.

»Er ist achtundzwanzig Kilo schwer und fünfundvierzig Zentimeter hoch. Mit seinen fünf Jahren ist er ausgewachsen«, antwortete der Hundehalter stolz.

»Wie heißt Du? « fragte Thekla, immer noch den Hund streichelnd, der nicht genug von dem Gekraule zu bekommen schien.

Nun antwortete das Frauchen des Hundes lächelnd. »Er heißt "Sir Q.", na eigentlich heißt er "Sir Quo Vadis", aber wir nennen ihn nur "Sir Q."

»Kann es sein, dass ich gelesen habe, diese Rasse sei als "Kampfhund" eingestuft? wollte Thekla interessiert wissen.

»Richtig«, bestätigte der Hundehalter, »hier in NRW ist er als Kampfhund eingestuft, deshalb mussten wir beide auch eine "Haltereignungsprüfung" ablegen und dürfen ihn nur "unter gewissen Auflagen" halten«.

»Dazu würde ich gerne mehr wissen. Haben Sie ein paar Minuten Zeit? Bitte«, Thekla zeigte auf die freien Stühle an dem Tisch, an dem sie saßen, »nehmen Sie doch Platz«.

Aus den "paar Minuten" wurde eine halbe Stunde. Die Unterhaltung war sehr aufschlussreich und es schien sich eine durchaus interessante Freundschaft zwischen den beiden Paaren und Sir Q. anzubahnen.

»Du wärst bestimmt ein guter Ermittler und würdest mir wahrscheinlich auch eine große Hilfe sein«, meinte Thekla bei der Verabschiedung.

»Du warst ja total vernarrt in den Hund. Wahrscheinlich, weil er Dir mehr Aufmerksamkeit geschenkt hat als ich und weil er so schön mit dem Schwanz gewackelt hat«, meinte Robert etwas vorwurfsvoll, aber durchaus sarkastisch.

»Ja«, meinte Thekla schnippisch aber lächelnd, »wer kann, der kann.«

*

Bei der abendlich stattfindenden Fallbesprechung im Besprechungsraum der Dienstgruppe II im Polizeipräsidium

Siegburg, saßen die Teammitglieder um den ovalen Besprechungstisch. Hier wurden stets die Ermittlungsergebnisse des Tages von allen zusammengetragen, damit jeder auf dem neuesten Stand war. Thekla hatte dieses Procedere eingeführt, da ihr eine solche Vorgehensweise als äußerst effektiv erschien.

Peter Ludwig schilderte seine Eindrücke der Familie des toten Jungen aus Spich, wobei er bemerkte, dass das Sozialverhalten der Familie, seines Erachtens nicht das Beste gewesen sei und er davon ausgehe, dass der Lebensgefährte der Mutter möglicherweise mit Kumpels, eigenständig den Tod des Jungen aufklären wolle. Auch die Gruppierung "Elbsteine" würde er nicht als harmlos ansehen, da sich unter ihnen durchaus krawallbereite Jugendliche und junge Erwachsene befinden würden.

Lisa legte zu ihren Ermittlungen ein Fax vor, das vor einigen Minuten auf ihre offizielle Anfrage hin, von der Base-

ler Holding, geschickt wurde, bei der Herr Louis Krüger be-
schäftigt war. Daraus ging hervor, dass Herr Krüger sich mit
einem Komitee eines, aus einem Konsortium mehrerer Län-
der bestehenden Projektes, treffen wollte. Hier sollten Pläne
vorgestellt werden, die aus jahrelanger Entwicklungsarbeit
hervorgingen. Es handele sich um die Nutzung alter Bun-
keranlagen aus dem zweiten Weltkrieg, die sich durch die
Eifel ziehen. Beginnend in der Nähe von Meckenheim sollen sich diese Bunker, teilweise sehr verwinkelt, über eine
Strecke von etwa siebzehn Kilometer erstrecken. Dabei sollen auch umgebaute Eisenbahntunnel früherer Zugstrecken
einbezogen sein. Diese Bunker wolle man nutzen, um ähn-
lich wie am Cern Kernforschungszentrum, in der Nähe von
Genf, wo ein Teilchenbeschleuniger installiert ist, in Sachen
Physik und Wasserstoffantrieben zu experimentieren, um so
am Weltmarkt mithalten zu können. Es handele sich um ein
Milliardenprojekt mit dem Endziel, der Erforschung des
Weltalls und der Besiedelung fremder Planeten. Aus dem
Fax ging eindeutig hervor, dass Herr Krüger sehr wichtige
und für die Firma wertvolle Dokumente und Pläne bei sich

führte, um diese der Kommission vorzulegen. Diese Pläne seien mit äußerster Diskretion zu behandeln und am besten mit einem "Direkt-Kurier" an die Holding zurückbringen zu lassen. Die Kosten dafür würden selbstverständlich von der Firma übernommen.

»Wow, - also ein ziemlich großer Brocken und anscheinend ein wichtiger Mensch, dieser Herr Krüger. Da bin ich aber glücklich, dass die vom BKA noch nicht da sind und uns in die Suppe spucken.«

Die Türe des Besprechungsraums wurde geöffnet und Alfred Bollenkamp steckte seinen Kopf in den Raum.

»Entschuldigung Thekla, - kannst Du mal kurz rauskommen? «

Thekla schaute verwundert in die Runde, erhob sich und ging auf den Flur hinaus. Fred schloss die Türe hinter ihr.

»Thekla«, begann Fred zunächst zögernd, er suchte nach Worten, wie er ihr nun etwas Wichtiges mitteilen sollte, »das BKA hat sich bei mir gemeldet... «.

»Verdammt, - das habe ich erwartet, - kommen die "Höheren" als doch so schnell und wollen den Fall an sich reißen? «

»Thekla«, wiederholte Fred Bollenkamp, »ganz im Gegenteil, das BKA hat die Zustimmung des Innenministeriums, dass Du in diesem Fall hier weiter ermitteln sollst. Sie sind der Meinung, Du hättest die entsprechende Befähigung dadurch, dass Du ursprünglich für die Spezialeinheit des Bundes und des BKA´s vorgesehen warst. Leider ist diese Möglichkeit, bedingt durch Deinen Unfall«, er deutete auf den linken Arm Thekla's, »nicht mehr gegeben, aber in diesem Fall wollten die Kollegen aus Wiesbaden, den großen Apparat nicht anlaufen lassen, da Du ja hier vor Ort bereits mit den Ermittlungen begonnen hast. Kurzum, - Du ermittelst bitte in alle Richtungen weiter. Du hast die volle Unterstützung des BKA, die wenn es brenzlig wird, bei Bedarf sofort einschreiten würde. Ist das Okay für Dich? «

Thekla fiel ihrem Vorgesetzten mit weit geöffneten Armen um den Hals. Sie freute sich so sehr, dass sie diesen Fauxpas im Überschwung der Gefühle nicht wahrnahm. Erst hinterher meinte sie: »Oh, - Entschuldigung«.

Alfred drehte sich um, machte ein paar Schritte in Richtung Treppenhaus und hob die Hand.

»Alles in Ordnung«, meinte er, wobei er sich freute, Thekla diese freudige Nachricht überbracht zu haben und sie aus ihrer, sonst immer für alle vorbildlichen Verhaltensweisen, herausgelockt zu haben.

»Gute Nachricht«, begann Thekla, als sie den Besprechungsraum wieder betrat, »Anweisung vom Innenministerium: Der Fall bleibt vorerst bei uns«.

Alle am Tisch klatschten begeistert zu dieser Mitteilung.

»Also weiter, - was gibt es sonst noch«.

»Ich habe noch was«, meldete sich Peter Ludwig. »Als ich aus Spich zurückfuhr, machte ich in der Nähe der Fußgängerzone Halt, um zu recherchieren, ob dieses Liquid, das Herr Krüger benutzte, ein gängiges oder eher spezielles, sei. In den ersten zwei Geschäften kannte man die Sorte nicht, jedoch habe ich dann einen kleinen Laden gefunden, der sich auf teuere Sachen spezialisiert hat. Hier habe ich erfahren, dass der Hersteller des Liquids in England sitzt. Diese Marke und im speziellen die Geschmacksrichtung "Feige" würde eher selten gekauft. Er erinnerte sich allerdings daran, dass vor ein paar Tagen ein Mann mit schweizerischem Akzent bei ihm war, der zwei Fläschchen kaufte. Was ihm komisch vorkam und weshalb er sich daran erinnerte war, dass am Folgetag eine Frau bei ihm war, die genau diese Sorte, in genau der gleichen Geschmacksrichtung, gekauft hatte. Auf dem, von mir gezeigten Bild des Toten, bestätigte er ihn als Käufer des Liquids. Zu der Frau konnte er keine weiteren Angaben machen außer, sie sei sehr gepflegt gewesen und hätte ohne Akzent gesprochen«.

»Lisa und Peter, bitte geht Ihr Beide morgen der Spur nach, wer die Frau sein könnte, die das anscheinend sehr selten nachgefragte Liquid gekauft hat. Das scheint eine Spur zu sein«.

Die beiden Angesprochenen nickten.

»Was ist eigentlich mit den wichtigen Papieren, die der Tote bei sich geführt hatte? Sind die gefunden worden? « wollte Robert wissen.

»Sehr gute Frage«, meinte Thekla und griff zum Hörer des im Besprechungsraum stehenden Telefons, um bei der KTU, die das Zimmer im Hotel untersucht hatte nachzufragen. Dort erfuhr sie, dass der Reinigungsservice ganze Arbeit geleistet haben muss. Es war alles gesäubert worden. Selbst am Wandtresor, der übrigens leer war, als er von der

Hotelmanagerin im Beisein der Beamten geöffnet wurde, waren keine Fingerabdrücke festgestellt worden. Was man allerdings gefunden hatte, waren Dossiers und Bauzeichnungen von Tunnelanlagen. Diese waren in einem schmalen Geheimfach des Koffers unter dem Innenfutter. Man wolle diese Unterlagen so schnell wie möglich in den Besprechungsraum bringen lassen.

Thekla beendete das Gespräch und wandte sich wieder an die Anwesenden: »Die Unterlagen sind gefunden worden. Sie waren in einem Geheimfach des Koffers. Wir schauen gleich einmal darüber, wenn sie von der KTU nach oben gebracht werden«.

Eine Befragung der Pianistin, zu der Herr Krüger einige Male gegangen ist, werden wir morgen auch durchführen. Robert und ich werden das übernehmen. Vielleicht kann sie uns etwas sagen, was Herr Krüger dort vielleicht beiläufig erzählt hat.

*

Völlig irritiert wachte Thekla auf. Ein Blick zur Uhr
zeigte ihr, dass es ein Uhr dreißig war. Sie musste erst kurz
geschlafen haben und hatte doch einen so lebhaften Traum,
der ihr vorkam, als hätte er Wochen gedauert. Sie wollte zunächst Robert wecken, um ihm davon zu erzählen, doch der
lag nackt und mit heruntergetretener Bettdecke neben ihr
auf seinem Bauch. Thekla schaute gerne den Körper ihres
Lebensgefährten an. Die breiten und muskulösen Schultern,
die zarte Haut des Rückens, die die Hüften umschmiegte.
Der kleine, durch das intensive Fitnesstraining, zu dem er
Thekla mehrmals wöchentlich begleitete, gestraffte Po. Die
muskulösen und behaarten Beine. Das alles weckte in
Thekla hin und wieder die Lust, es hemmungslos mit Robert zu treiben. Nicht jedoch jetzt. Zwar lag auch sie nackt
in ihrem Bett mit den, wie sie meinte, etwas zu kleinen

Brüsten, die jedoch "fest und keck" zu ihrem durchtrainierten Körper passten, wie Robert bei jedem Liebesspiel zu ihr sagte, doch jetzt beschäftigte sie etwas anderes. Wieso hatte sie diesen Traum gehabt? Wollte ihr das Unterbewusstsein etwas damit sagen?

Thekla war im Traum Besitzerin eines Imbisswagens, an einem festen Standort in einem kleinen Bonner Gewerbegebiet. Die Geschäfte liefen schlecht und der Umsatz genügte gerade, um die laufenden Kosten abzudecken und einen kleinen Gewinn zu erzielen. Thekla überlegte im Traum, den Betrieb aufzugeben und sich neuen Herausforderungen zu stellen. Dies jedoch bereitete ihr großen Kummer, da ihr Herz an diesem Imbiss hing, den sie mühsam und voller Herzblut aufgebaut hatte. An einem dieser Tage, an denen der Umsatz mal wieder nicht zu reichen schien, machte sie eine seltsame aber sehr bedeutsame Bekanntschaft. An einem Sommertag zog ein Stadtstreicher vor den Imbiss, bekleidet mit einem alten zerrissenen Mantel und einem gro-

ßen Schlapphut, vermutlich aus Leder, sein Fahrrad vorbei-
schiebend. Er sah Thekla einige Sekunden lang direkt in die
Augen, schob sein Fahrrad aber weiter. Einige Minuten später kam er zurück, stellte sein Fahrrad ordentlich ab und
schaute sich ihre Auslagen und die Speisekarte an. Dann bestellte er mit französischem Akzent, eine Portion Pommes
frites. Er holte aus der Manteltasche eine Hand voll Münzen
und zählte eine ganze Zeit seine 10-Cent Münzen. Als sie
ihm die fertige Portion Pommes reichte und sagte, diese be-
käme er von ihr geschenkt, schaute er sie an und sagte mit
ernsthaftem Ton, er wolle auf keinen Fall etwas geschenkt.
Wenn er etwas bestelle, so wolle er auch dafür bezahlen.
Nochmals lächelte sie ihn an und sagte, dass sie ihm diese
Portion bitte schenken wolle. Aber er legte die Münzen auf
den Tresen und verneinte wieder. Er nahm seine Pommes
und ging zum Fahrrad. Zwei Tage später sah Thekla ihn
wieder am Imbiss vorbeiziehen. Sie lachte ihn an und
winkte ihn zu sich rüber. Diesmal wollte sie ihm, ohne ihn
in seiner Ehre zu verletzen und ohne, dass er was bestellte,
eine Portion schenken. Er nahm ihr Angebot lächelnd gerne

an. Thekla reichte ihm das fertige Essen und stellte sich mit
zwei Dosen Cola, an seinen Tisch. Gerne nahm er auch das
Getränk. Mit diesem, sehr stolz wirkenden Menschen,
wollte sie sich ernsthaft unterhalten. Sie erfuhr, dass er vor
vielen Jahren aus Frankreich hier nach Deutschland gekommen sei. Im Herbst würde er immer auf einem Rheinschiff
anheuern und als Hilfskraft dann den Rhein hinauf bis Basel
und hinunter bis Rotterdam fahren, um so etwas Geld zu
verdienen. So ginge es immer, Rhein auf, Rhein ab. Im
Sommer über, sei er aber immer sehr gerne in Deutschland
an Land. Auf ihre Frage, wo er denn jetzt wohne, erwiderte
er, er brauche nicht viel. Er lebe in einer Hütte, die er sich
aus Pappkartons zusammengebastelt hätte, in der Nähe einer
Zugstrecke in wilden Büschen und Gestrüpp. Wo, wolle er
nicht sagen. Dies sei sein Geheimnis. In diesem Sommer
kam der Mann dann noch zweimal zu ihr, bis er sich verabschiedete und ihr sagte, er ginge jetzt auf's Schiff. Sie unter-
hielten sich nie sehr lange, da er sich den seltsamen Blicken
der Mitmenschen nicht so gerne aussetzen wollte. Jedoch

83

waren ihre kurzen Unterhaltungen immer geprägt von sehr weisen Aussagen dieses Menschen.

Im nächsten Jahr kam er wieder mit seinem Fahrrad und seinem Schlapphut vorbei. Er lächelte bereits von weitem, als er sie sah. Er erzählte beim Essen von seiner Arbeit auf dem Schiff, meinte aber, er würde merken, dass er so langsam alt würde. Sein Alter verriet er nicht aber sie schätzte ihn so alt, wie sie selber war, so etwa Mitte dreißig. Thekla vertraute diesem Mann irgendwie und so erzählte sie in kurzen Sätzen über ihre letzten Jahre und über ihr auf und ab im betrieblichen Bereich und dass sie nicht so recht wüsste, was sie machen solle. Wohin würde sie ihre Reise führen und was würde ihr das Leben sonst noch alles bringen. Der Mann machte dann die, für Thekla sehr weise und bedeutende Aussage. Er sagte, sie solle es unbedingt so machen wie er, wenn er sich in einer ausweglos scheinenden Situation befände.

»Schaue mit beiden Augen auf Deine Nasenspitze, nimm die Spitze genau war, tue dies einige Minuten und dann folge dem Weg, den Du vor Dir siehst«.

Zuerst hatte Thekla dies nur als wirres Geschwafel abgetan. Vielleicht wollte er ihr aber damit sagen, man solle sich stets auf sein Inneres besinnen. Der Mann verabschiedete sich von ihr, diesmal das erste Mal mit Handschlag. Er fuhr lachend mit seinem Fahrrad davon, drehte sich noch einmal um, auch zum ersten Mal und winkte, so empfand es Thekla, wie zu einem ewigen Abschied.

*

»Hier stehen anscheinend wirklich nur ganz private Sachen«, meinte Robert, als er das Notizbuch von Herrn Krüger durchblätterte, »Geburtstage, unterschiedliche Frauennamen, Termine für Blumengrüße, ach hier, hier stehen auch verschiedene Termine in den letzten Tagen mit einer Olga Chaminski, weitere Termine auch noch in den nächsten Tagen. Thekla nahm das Buch an sich. Sie unterbrach die Besprechungsrunde im Polizeipräsidium, in der der Tagesablauf der entsprechenden Teamkollegen eingeteilt wurde.

»Olga Chaminski? « fragte sie, »wahrscheinlich die Klavierlehrerin, bei der der Tote Unterricht nahm. Aber hier, an den letzten beiden Tagen steht zusätzlich der Name Pia Kleinert und auch immer mit einer Uhrzeit. Sybille, schau doch mal bitte, ob Du über den Namen Chaminski, in Troisdorf irgendetwas in Erfahrung bringen kannst«

»Hab ich schon«, meinte Lisa, die bereits auf ihrem Smartphone recherchiert hatte, »Chaminski, Olga, berühmte Solopianistin die 1978 bis 2002 weltweite Erfolge feierte, stammt aus der ehemaligen UDSSR. Nach Beendigung ihrer Karriere wurde es um das einstige Ausnahmetalent still. Sie gibt bis heute Privatunterricht an begabte Pianisten, die ihre Art der einzigartigen Tastenanschäge lieben. Zu erreichen in Troisdorf Oberlar unter der Telefonnummer...«.

»Steht da auch eine Adresse? « fragte Robert.

Lisa schüttelte den Kopf, »Nur die Telefonnummer«.

Thekla stellte das Festnetztelefon, das auf dem großen
Besprechungstisch stand, vor sich hin, betätigte die "Mit-
hörtaste" und wählte die Nummer. Nach mehrmaligem
Klingeln hob jemand ab.

»Ja, Chaminski«, hörte man eine leise, gebrechlich klingende Stimme.

»Guten Morgen«, meldete sich Thekla lächelnd, da sie
der Mienung war, das man auch das Lächeln am anderen
Ende einer Telefonleitung hören und vor dem geistigen
Auge sehen könne, »mein Name ist Thekla Sommer von der
Kriminalpolizei Siegburg«. Thekla sprach etwas lauter, da
sie der Meinung war, es würde sich um eine ältere, eventuell schwerhörige Dame handeln.

»Junge Frau«, unterbrach Frau Chaminski, »warum
schreien sie denn so, ich habe meine Hörgeräte an. Bitte

sprechen sie ganz normal. Ich muss Ihnen aber von vornherein sagen, dass ich nur noch sehr wenige Termine frei habe.
Wissen Sie, die Leute hier im Haus haben sich vor ein paar
Jahren beschwert und deswegen darf ich nur noch zwischen
fünfzehn Uhr und neunzehn Uhr Unterricht geben. Sind Sie
denn überhaupt musikalisch und fortgeschritten genug? «

Thekla und alle im Raum schmunzelten. »Nein Frau
Chaminski, es geht nicht darum, dass ich Klavierunterricht
nehmen möchte. Wir hätten da ein paar Fragen an Sie, be-
züglich eines Falles, den wir gerade bearbeiten«, stellte
Thekla richtig.

»Ein paar Fragen? So wie die Leute, die einem immer ir-
gendwas am Telefon andrehen wollen oder die, die von ir-
gendeinem Meinungsforschungsinstitut nach den Gewohnheiten älterer Leute fragen? Danke nein, - dafür habe ich
keine Zeit? «

»Halt«, sagte Thekla schnell und auch wieder etwas lauter. »Hier spricht nicht irgendeine Organisation, die Ihnen

etwas aufschwatzen will, - hier spricht die Polizei. Kriminalpolizei in Siegburg«

»Ich hab' im Fernsehen gesehen, dass davor gewarnt wird, dass Leute angerufen werden und man behauptet, man sei von der Polizei. Man solle sein Bargeld und andere Wertsachen bereithalten und den Beamten an der Wohnungstüre aushändigen. Wenn Sie was von mir wollen, dann kommen Sie vorbei und bringen ihren Polizeiwagen mit, damit ich den vom Fenster aus sehen kann. Ansonsten lassen Sie mich bitte in Ruhe«. Frau Chaminski legte auf.

Peter und Lisa konnten ihr Lachen nicht mehr verbergen. »Das hat man nun davon«, meinte Robert, »wenn man Warnhinweise an die Bevölkerung gibt«.

»Wenn man aber keine gibt, ist man die böse Exekutive, die keine Vorsichtsmaßnahme an die Leute herausgibt«, meinte Thekla resigniert.

»Dann müssen wir wohl dahin, auch wenn wir noch nicht wissen, ob Herr Krüger wirklich bei ihr war«, meinte Robert.

Nickend stand Thekla auf. »Ihr zwei«, sie schaute zu Lisa und Peter, »kümmert Euch dann bitte darum, ob Ihr etwas über die Frau herausbekommt, die in dem Tabakladen das Liquid gekauft hat«.

Als sie in der Tiefgarage in Richtung des Twingo gingen, fiel Robert ein, dass er vergessen hatte, sich in der Wache der Schutzpolizei im Erdgeschoss des Präsidiums, den Schlüssel eines Streifenwagens geben zu lassen.

»Was willst Du denn damit? Wir fahren mit meinem Twingo, wie immer. Du weißt, wie sehr ich den liebe« zischte Thekla.

»Aber, die Frau hat doch gesagt, sie wolle einen Polizeiwagen vom Fenster aus ...« widersprach Robert.

»Du glaubst doch nicht allen Ernstes, ich lasse mir von einer Zivilistin, nur weil sie mal was im Fernsehen gesehen hat, vorschreiben, mit welchem Auto ich bei ihr vorfahre«, Thekla schüttelte verständnislos den Kopf und wartete bis Robert den Wagen endlich aufgeschlossen hatte. Zu ihrem tiefen Bedauern war es immer noch, aber nicht mehr lange, wie Thekla glaubte, Robert, der fahren durfte. Bald würde sie die Orthese ablegen und ihren linken Arm wieder frei bewegen können.

Robert wählte den Weg über die Bonner Straße in Richtung der Autobahnauffahrt der A560, um dann die Flughafenautobahn in Richtung Köln zu nehmen. Die nächste Ausfahrt war bereits "Troisdorf" und einige hundert Meter nach der Ausfahrt war bereits der Ortsteil Oberlar. Hier schaltete Thekla den Navi ein, um die "Posener Straße" zu finden. Beide waren verwundert, dass sie das Ziel bereits nach vier Minuten gefunden hatten.

»Das war ja einfach«, meinte Robert, als er die blecherne Stimme "Sie haben Ihr Ziel erreicht, das Ziel liegt links", hörte. Hier in der Posener Straße standen alles Häuser, die ehemals zu einer Wohnungsbaugenossenschaft gehörten, die hauptsächlich an Mitarbeiter, der nahegelegenen Fabrik "Dynamit Nobel" vermietete. In der Hausnummer vier, gegenüber einer Tankstelle, wohnte Frau Chaminski. Nachdem sie die Klingel betätigt hatten, öffnete eine weißhaarige, sehr elegant gekleidete Dame das Küchenfenster im Erdgeschoß.

»Ja bitte, was wollen Sie? « fragte die Dame.

»Frau Chaminski? Wir hatten eben telefoniert. Wir sind von der Kripo Siegburg. Können wir Sie mal sprechen? «

»Wo ist denn Ihre Uniform und wo ist der Polizeiwagen? – Ich sehe keinen«, kam die ängstliche Antwort.

»Frau Chaminski«, meinte Thekla, sich zwingend ruhig und gelassen zu bleiben, die Kriminalpolizei trägt keine

Uniform. Hier sind unsere Dienstausweise«. Thekla reichte ihren und Robert's Ausweis der alten Frau zum Fenster.

»Na gut, kommen Sie rein«. Es dauerte eine Weile bis der Türsummer den Weg ins Treppenhaus frei gab.

»Guten Tag Frau Chaminski. Wir ermitteln in einem Tötungsdelikt, bei dem Sie uns möglicherweise weiterhelfen können«.

Die Dame zuckte erschrocken zusammen.

»Wir haben nur einige kurze Fragen an Sie«, versuchte Robert, beruhigend auf die Frau zu einzuwirken.

»Was ist denn passiert? « wollte die Frau wissen.

»Kennen Sie Herrn Louis Krüger, aus der Schweiz? «

»Ja, ein sehr freundlicher und gebildeter Mann, er hatte bereits ein paar Stunden bei mir und wollte eigentlich noch ein paar Mal kommen. Leider hatte er gestern unendschuldigt gefehlt. Wenn er heute kommt, muss er die versäumte Stunde bezahlen. Er hat einen miserablen Tastenanschlag aber den soll ich ihm ja optimieren. Was ist mit dem netten Mann? «

»Auf das Geld werden Sie wohl verzichten müssen«, meinte Robert, »der Mann ist tot. Hat er sich hier bei Ihnen mit anderen Schülern getroffen oder wissen Sie etwas darüber ob er hier mal abgeholt wurde? «

»Er war bisher zwei Mal hier«, stotterte Frau Chaminski, als sie überlegte, »aber abgeholt, -- nein abgeholt wurde er nicht. Er hat an beiden Terminen Frau Kleimert nach ihrer Klavierstunde abgelöst. Die haben sich anscheinend auf Anhieb verstanden, denn ich habe gesehen, wie sie ihm im Flur heimlich einen Zettel zugesteckt hatte. Die haben wahrscheinlich gedacht, ich sei alt und schusselig«. Frau Chaminski kicherte wie ein Kind«, aber ich bekomme noch alles mit«.

»Geben Sie uns bitte den vollständigen Namen und die Anschrift der Dame«, meinte Thekla.

Frau Chaminski schaute in ihren Terminkalender. »Pia Kleimert, Mendener Straße 40, im Ortsteil Friedrich-Wilhelm-Hütte. Das ist nur ein paar Kilometer von hier«, meinte sie. »Auch sie hat einen miserablen Tastenanschlag, - aber davon lebe ich ja «. Sie zog ihre Schultern hoch und seufzte.

»Das ist schon in Ordnung, Frau Chaminski, - wir sind nicht von der Steuerfahndung«, sagte Thekla ziemlich ruhig. »Ist denn Herr Krüger sonst noch jemandem hier begegnet? «

»Bei einem Mal hat der nachfolgende Schüler ein paar Minuten hier auf dem Stuhl warten müssen, aber die haben nicht wirklich viel miteinander gesprochen«

»Wer war das? Haben Sie da bitte auch einen Namen für uns? «, fragte Robert, der die anderen Angaben auch bereits notiert hatte.

»Lee Sun, ein Chinese mit tollem Anschlag. Warum er eigentlich zu mir kommt, weiß ich auch nicht. Der spielt so himmlisch«, schwärmte Olga Chaminski.

Thekla wurde hellhörig.

»Haben Sie von ihm auch eine Adresse? « wollte sie wissen.

»Leider nicht, nur eine Telefonnummer. Hier, schauen Sie!«

Robert schrieb die Handynummer, die hinter dem Namen geschrieben stand, aus dem Terminkalender ab.

»Danke Frau Chaminski, das war es schon. Sie haben uns sehr geholfen«. Thekla streckte der Dame die Hand entgegen und ging dann zur Wohnungstüre. Auch Robert verabschiedete sich und folgte Thekla.

»Seltsam«, meinte Thekla nachdenklich, als beide im Auto saßen und in Richtung Troisdorf fuhren, »Wieso geht ein chinesischer Klavierspieler, der zudem anscheinend perfekt spielt, zu einer ehemaligen Weltklassepianistin, um Unterricht zu nehmen? «

»Thekla, - ich habe Hunger, - sollen wir nicht eine Kleinigkeit essen? Da vorne sehe ich gerade ein kleines chinesisches Restaurant. Das würde ja sogar passen. Vielleicht kriegst Du da ja wieder Dein Bauchgefühl? Mir jedenfalls sagt mein Bauch gerade, dass ich Hunger habe«.

Thekla grinste in sich hinein. Schaffte Robert es doch immer, sich über ihre Eingebungen lustig zu machen und dies meistens gekoppelt mit einer witzigen Bemerkung, die es ihr unmöglich machte, ihm böse zu sein. Sie liebte ihn halt.

»Na gut, wir können hier etwas essen gehen, aber nur wenn Du mir versprichst, nicht wieder Deine geliebte "Currywurst mit Fritten" zu bestellen, wie letztes Mal beim Griechen«.

Nun schaute Robert verdutzt und fragend in Richtung Thekla. Diesmal hatte er Thekla's versteckten Humor nicht verstanden.

*

Lisa stellte den Wagen in einer Parkbucht am Ursulaplatz in Troisdorf dort ab, wo die Frankfurter Straße in die Kölner

Straße überging. Hier begann die etwa neunhundert Meter lange Fußgängerzone.

»Hier links«, Peter Ludwig zeigte auf einen etwa zweihundert Meter langen und fünf geschossigen Betonklotz, in dem unter anderem Modegeschäfte wie H&M, ADLER und TEDI Haushaltswaren untergebracht waren, »hier war mal das HERTIE Warenhaus. Hier hatte mein Vater, vor genau vierundvierzig Jahren eine Lehre zum Einzelhandelskaufmann gemacht. Er war in der Herrenartikelabteilung im Erdgeschoß und verkaufte Hemden, Krawatten, Schlafanzüge, Socken, Taschentücher und so weiter. Damals war das alles hier noch eine Durchfahrtstraße. Es gab noch keine Fußgängerzone«.

Lisa nickte, »So, so«, sagte sie. Es interessierte sie nicht die Bohne. Sie schlenderte lieber an den Auslagen entlang und hielt Ausschau nach einem Coffeeshop. Es war ihr nach einem schönen Kaffee Latte. Nach etwa vierhundert Metern und einem Coffee to go, sowie einem "Caramel Salz" Eis im

Hörnchen, kamen sie an dem Kiosk an, der mit ausgefallenen Sorten, köstlichen Tabakgeschmacks, warb. Sie betraten den Laden, wobei Lisa zuerst hineinging und bereits ihren Dienstausweiß in der Hand hielt.

»Guten Tag, Lisa Drollig, das hier ist mein Kollege Peter Ludwig, nicht Lustig, sondern Ludwig. Peter Lustig war der aus der Sendung "Löwenzahn"«. Grinsend drehte sie sich zu Peter um, der sie mit ziemlich finsterer Miene anschaute. Auch der Inhaber des Ladens schaute Lisa ziemlich verständnislos und fragend an. Sie merkte, dass sie diesmal einen Witz an der verkehrten Stelle angebracht hatte. Letzte Woche bei der abendlichen Fallbesprechung mit Thekla, hatte der Witz noch für allgemeine Erheiterung gesorgt.

»Was kann ich für Sie tun? « fragte der Ladeninhaber irritiert.

»Sie haben gestern bei meinem Kollegen hier ausgesagt, Sie hätten einem Herrn, zwei Fläschchen ihres Liquids »mit der seltenen Geschmacksrichtung "Feige" verkauft«, dabei zeigte Lisa auf das Regal, in dem fast fünfzig verschiedene Fläschchen standen. Anschließend war eine Frau hier, die die gleiche Sorte kaufte«.

»Na ja, selten ist die Geschmacksrichtung nicht, aber der Herr verlangte genau nach dieser Sorte eines englischen Herstellers. Diese sind sehr fein im Geschmack aber auch etwas hochpreisiger. Was mich etwas wunderte war, dass genau von dieser Sorte einen Tag später, mein letztes Fläschchen an eine Dame verkauft wurde. Normalerweise verkaufe ich von dem Hersteller drei Fläschchen in einem halben Jahr und dieses Mal, drei Fläschchen innerhalb von zwei Tagen«.

»Können Sie die Frau beschreiben? « fragte Peter. »Gestern erinnerten Sie sich genau. Ist Ihnen noch etwas eingefallen? «

Der Mann schaute zu Boden, kratzte sich aber am Hinterkopf als er sagte: »Nein, da ist mir nichts mehr eingefallen. Soweit ich mich erinnere war sie sehr elegant gekleidet, hatte recht kurzes Haar und zahlte in bar. Ach ja, sie hatte so einen tollen Geruch an sich, das merkte ich aber erst, nachdem sie den Laden wieder verlassen hatte. Der Geruch blieb noch eine Weile hier in der Luft«.

»Wonach hat es denn gerochen? « fragte Lisa.

Der Duft erinnerte mich an meine letzte Freundin. Sie hatte ein Fable für teure Eau de Parfums und hatte auch eins von Olivia Giacobetti, ich glaube es hieß "Premier Figuier". Es roch nach frischer Feige«.

»Würden Sie die Frau wiedererkennen? « fragte Peter.

Der Verkäufer nickte und sagte »bestimmt«.

Peter's Handy klingelte. Thekla rief ihn an und er nahm, beim Herausgehen aus dem Laden, das Gespräch an.

»Peter, wo seid Ihr gerade? « fragte Thekla.

»Wir sind gerade hier in dem Zigarettenladen, in dem das Liquid gekauft wurde. Wir sind mit der Befragung fertig und wollten jetzt wieder zum Wagen«.

»Okay, dann seid Ihr noch in der Fußgängerzone? «

»Ja«.

»Geht bitte zu dem Hotel, in dem Louis Krüger gewohnt hatte. Das ist nicht so weit von Euch entfernt und ebenfalls in der Fußgängerzone. Wir sind auch auf dem Weg dahin. Die Kollegen der Polizeiwache Troisdorf meldeten uns, dass sich in der Lobby des Hotels etwa zwanzig Jugendliche und Heranwachsende versammelt hätten, mit Transparenten von den "Elbsandstein" Leuten. Sie verlangten lauthals die Herausgabe des Namens und der Anschrift des Toten, da sie vermuten, er hätte etwas mit dem Tod des Armin Stall zu tun. Der Lebensgefährte der Mutter hatte irgendwie herausgefunden, in welchem Hotel der Tote gewohnt hatte. Nun ist da ziemlich viel Tumult. Drei Streifenwagen der Troisdorfer

Kollegen sind ebenfalls unterwegs. Bis gleich«. Thekla beendete das Gespräch.

Als Peter und Lisa am Hotel ankamen, standen Thekla und Robert etwa zwanzig Meter vom Hoteleingang entfernt, in erster Reihe eines Pulks von Menschen, die den Polizeieinsatz beobachteten. Thekla wollte den Einsatz der Beamten nicht stören, die einen nach dem anderen der "Störer" aus der Lobby nach draußen führten. Eine Menge Handys wurden nach oben über die Köpfe der Zuschauer hinweg, gehalten. Jeder wollte die Szenerie filmen, um damit bei anderen zu prahlen. Auch Lisa holte ihr Smartphone heraus, um Bilder zu machen, nicht um zu prahlen. Sie wollte die Beteiligten fotografieren, um einen eventuellen Abgleich machen zu können. »Man weiß ja nie«, dachte sie. Also machte sie immer eine Aufnahme des Hotelausgangs mit den entsprechenden Personen, wenn jemand von den uniformierten Kollegen herausgeführt wurde.

*

Bei der abendlichen Fallbesprechung, an der alle Kollegen der Dienstgruppe II, der Mordkommission Siegburg teilnahmen, saß auch Sybille Salz, die "gute Seele" des Innendienstes, die für Internetrecherche und ihrem systemischen Denkvermögen, das sie jahrelang als operative Ermittlerin in der Mordkommission unter Beweis gestellt hatte, am ovalen Tisch. Thekla und Robert erzählten über ihre Begegnung mit Frau Pia Kleimert, der Frau, die in dem Notizbuch des Toten mehrfach kurz vor seinem Tod erwähnt war und dieselbe war, die Herrn Krüger kurz vor seinem Tod bei der Pianistin kennengelernt hatte.

Thekla erzählte:

»Als wir vor einem der drei Hochhäuser in der Mendener Straße, gegenüber der Ahrstraße, ankamen, hatten wir zunächst den Anschein, eine verkehrte Adresse bekommen zu haben. Wie konnte jemand, der hier wohnte, sich teure Klavierstunden bei einer Weltklassepianistin leisten? dachten wir uns. Beim Blick auf die vielen dort angebrachten Klingelschilder fanden wir aber den Namen, der uns von Frau Olga Chaminski genannt wurde«.

»Wir klingelten in der vierten Etage und durch die Gegensprechanlage kam ein leises "Ja bitte".« Robert übernahm nun die weitere Erzählung des Vorgangs. »Nachdem wir, wenn auch zögerlich und erst nach mehrmaligem Nachfragen, hereingelassen wurden, stellten wir fest, dass der mit Grafiti beschmierte Aufzug >außer Betrieb< war. Wir mussten die vier Etagen zu Fuß nach oben – und dass mit vollem Bauch mit "Ente an Orange", sowie einer Frühlingsrolle mit Erdnusssoße als Vorspeise«.

Die Anwesenden lachten und Peter Ludwig meinte: »Habt Ihr es Euch mal wieder gutgehen lassen? «

»Na ja, als wir oben ankamen«, übernahm Thekla wieder das Gespräch, »öffnete eine gut gekleidete, stylisch frisierte Frau die Wohnungstüre«.

»Sie wünschen bitte«, fragte sie etwas ängstlich.

»Thekla Sommer und Robert Hanf, stellte ich uns vor, nachdem wir unsere Dienstausweise gezeigt hatten«, sagte Thekla weiter. »Wir würden Sie gerne zum Tod von Herrn Louis Krüger befragen. Haben Sie etwas Zeit? «

»Wie, - Louis ist tot? Das kann doch nicht sein, - wir sind für heute Abend in seinem Hotelzimmer verabredet«. Die Frau öffnete die Türe nun weit und bat uns hereinzukommen. Sie erzählte uns, dass sie Louis Krüger bei der Pianistin kennengelernt hatte. Frau Kleimert liebte seit ihrer Jugend Klavier und so hatte sie sich, nachdem ihr Mann vor einigen Jahren bei einer Kneipenschlägerei um's Leben gekommen war, den Wunsch, Klavier spielen zu lernen, erfüllt. Ihr Mann und sie hatten eine recht hohe Lebensversicherung abgeschlossen, damit, wenn einer von ihnen um's Leben kommen würde, der andere abgesichert sei«.

»Und dann lebte sie in so einem Haus? « fragte Lisa.

»Das fragten wir uns auch im Stillen«, fuhr Robert fort, »die einfache aber einleuchtende Begründung dafür war, hätte sich Frau Kleimert eine teure Wohnung mit neuen Möbeln in einer besseren Lage Troisdorfs gesucht, wäre von der Lebensversicherung bald nicht mehr viel übrig gewesen. So jedoch konnte sich die Frau langersehnte Annehmlichkeiten gönnen. Jedenfalls hatte sie bei der Pianistin, den Toten kennengelernt und ihm direkt am ersten Abend noch in den Räumen der Klavierlehrerin einen Zettel mit ihrer Telefonnummer in die Hand gedrückt, bevor er sie beim Unterricht, ablöste. Als er dann noch am gleichen Abend anrief und sie zu ihm ins Hotelzimmer ging, hätten sie eine Nacht miteinander verbracht, so heiß und stürmisch, wie sie es nur in ihrer Jugend einmal erlebt hatte«.

»Bitte keine Details«, warf Sylvia ein, »das machst Du ja nur allzu gerne, Robert«. Sybille lächelte und auch Lisa, die manch amouröse Bemerkung gerne in Gespräche einfließen ließ, stimmte Sybille kopfnickend zu.

»Auf jeden Fall«, sprach Thekla nun weiter, »hatten sie wohl zwei dieser "heißen Nächte" im Hotel«.

»Komisch«, meinte Robert nun nachdenklich, »davon hatte uns die Hotelmanagerin gar nichts erzählt«.

»Die war auch bestimmt nicht bei der "Betttestung" dabei«, gab Lisa nun doch mit einem hämischen Grinsen, ihren Kommentar ab.

»Nein, das meine ich auch nicht. Ich meine, dass Herr Krüger in den beiden Nächten einen Gast hatte. Die müssen sich doch an der Rezeption anmelden, aber niemand hatte uns gegenüber, einen Besuch geäußert«.

»Wahrscheinlich habt Ihr einfach nur vergessen, danach zu fragen, was bei den Anfangsermittlungen passieren kann,«, meinte Sybille Salz, die sich bis jetzt zurückgehalten hatte.

»Wie dem auch sei, dazu müssen wir Frau Schönfelder, die Hotelmanagerin nochmal befragen. Lisa, kannst Du das bitte morgen übernehmen? Peter, kannst Du morgen über Frau Chaminski noch etwas in Erfahrung bringen, frühere Kontakte, wo hat sie früher gelebt, war sie verheiratet und so weiter. Wir wissen nichts über die Frau und doch war sie eine der letzten, die den Toten gesehen hat. Sybille, Du machst bitte einen Termin für ein Telefonat mit der Schweizer Firma, für die Herr Krüger gearbeitet hatte. Vielleicht sind die doch in Sachen verstrickt, von denen wir nichts wissen. Aber nun Ihr«, Thekla schaute zu Lisa und Peter, »was habt Ihr recherchiert? «

Die beiden berichteten von dem hilfsbereiten Inhaber des Tabakladens, der ihnen aber nicht mit einer Beschreibung der Käuferin des "Feigenliquids" helfen konnte. Zwar würde er die elegant wirkende Frau wiedererkennen aber beschreiben konnte er sie nicht. Einzig das teure Parfüm, welches sie trug, daran konnte er sich erinnern. Es muss das Lieblingsparfüm seiner früheren Freundin gewesen sein.

»"Premier Figuier"« meinte Lisa. Ein recht teures Eau de Parfüm. Ich habe einen Preis gegoogelt. Für fünfzig ml schwankt der Preis zwischen Einhundertfünfunddreißig und Einhundertfünfzig Dollar«.

»Wow«, pfiff Peter zwischen den Zähnen hervor, »wer kann sich denn sowas leisten? «

Thekla war für einen Moment mit ihren Gedanken woanders. Was hatte sie noch in der letzten Nacht geträumt? Was hatte dieser Landstreicher bei der Verabschiedung zu ihr gesagt? Schau für einige Minuten auf Deine Nasenspitze! Wieso denn Nasenspitze? Meinte er, man solle sich darum kümmern, was direkt vor einem passiert oder nur darum, was mit einem selber zu tun hat? Oder meinte er etwa, man solle sein Gehirn benutzen, einem seiner fünf Sinne trauen, wovon der Geruchssinn bekanntermaßen einer ist? Thekla schlug mit der Handfläche auf den Tisch und sprang auf. »Ich hab's«, rief sie laut. »Heute bei Frau Kleimert lag so ein Geruch in der Wohnung. Zuerst dachte ich, die Frau hätte einige Tage nicht gelüftet, aber jetzt fällt mir ein, es könnte auch der schwere Duft nach Feigenaroma sein. Wir müssen unbedingt diese Frau Kleimert dem Tabakwaren-händler gegenüberstellen. Sybille, versuch doch bitte noch, den Inhaber des Geschäfts zu erreichen. Wir machen morgen, hier im Präsidium eine Gegenüberstellung«.

»Aber Thekla«, unterbrach Robert, »wie willst Du denn so der Frau einen Mord nachweisen? «

»Keinen Mord, aber ein Stück des Weges hin zur Aufklärung. Es ist beschlossene Sache. Sybille, kümmere Dich bitte darum. Wir beide«, dabei schaute sie zu Robert, »werden morgen früh Frau Kleimert in Troisdorf abholen und sie hier zur Gegenüberstellung bringen«.

Thekla erhob sich von ihrem Platz.

»Schönen Feierabend«, sagte sie.

ENDE Teil 1

<u>Leseprobe</u>

Rhein-Sieg-Kreis Krimi

Morde mit "VX"

Teil 2/3 - Remagen

*Der **elfte** Fall der Kommissarin Thekla Sommer*

Nachdem alle gegangen waren und Thekla mit Robert noch einmal die Notizen am Whiteboard, das zum besseren Überblick der Ermittlungsübersicht angeschafft wurde, notiert waren, räumte auch Thekla ihre Unterlagen zusammen und verließ mit Robert den Besprechungsraum. Nach einem kurzen Abstecher in ihr Büro, machten sich die Beiden auf den Weg in den Feierabend. Noch im Flur der Etage, in der sich ihr Büro befand, kam ihnen Alfred Bollenkamp winkend entgegen.

»Gut, dass Ihr noch hier seid«, sagte er bereits, als er noch einige Meter von den Beiden entfernt war, »ich muss dringend mit Euch sprechen«.

»Hier auf dem Flur? Oder sollen wir in mein Büro? «, fragte Thekla.

»Besser im Büro, es ist vertraulich«, meinte Fred.

Thekla machte kehrt, holte den Büroschlüssel aus der Handtasche und ging mit dem Schlüssel in der Hand, die drei Meter zurück zu ihrem Büro.

»Soll ich draußen bleiben«, fragte Robert eher rhetorisch, da er davon ausging, dass Beide es verneinen würden.

»Tja, vielleicht…« meinte Fred und stutzte, als er Thekla ansah.

Diese sah ihren Vorgesetzten mit großen Augen und fragendem Blick an. Ihre Mimik verriet ihm, dass Thekla so gar nicht für eine Ausgrenzung ihres Lebensgefährten war.

»Ach, was soll's«, beendete Fred Bollenkamp den Satz, »Ihr seid ja zusammen und alle aus dem Team werden es sowieso bald erfahren. Robert komm mit rein«, dabei schlug er Robert, wie es Freunde tun auf die Schulter. Dieser "Schulterschlag" verunsicherte nicht nur Robert, auch Thekla war sehr erstaunt, da Fred im Dienst normalerweise solche Vertrautheiten unterließ.

Thekla setzte sich in ihren gefederten Bürostuhl und ließ sich beim Anlehnen ein wenig nach hinten gleiten. Fred setzte sich in einen der lederbezogenen Stühle vor den Schreibtisch, während Robert es vorzog, sich mit der linken Pobacke auf die rechte Seite des Schreibtisches zu platzieren. Dies quittierte Fred Bollenkamp mit einem unbequemen Blick, was Thekla nicht entging.

»Setz Dich doch bitte neben Fred auf den Stuhl. Ich glaube, das was Fred uns zu sagen hat, wird länger dauern«, rettete Thekla die Situation.

Mit einem tiefen Seufzer stand Robert auf, ging hinten um Fred herum und zog den Stuhl zurecht, bevor er sich daraufsetzte. Thekla musste plötzlich ganz kräftig gähnen, was ihr sichtlich unangenehm war, da sie sofort den offenen Mund mit der Hand verdeckte und sich mit: »Oh, sorry, war ein langer Tag«, entschuldigte.

Fred Bollenkamp nickte, meinte aber:

»Ich glaube, der Tag ist für Euch noch nicht zu Ende«. Dabei legte er eine geschlossene Akte auf den Schreibtisch, die er nun aufschlug. »Ich habe hier eine Verschlusssache des BKA bekommen. Es sieht so aus, als meinten die es jetzt ernst mit Dir, beziehungsweise Deiner Berufung in deren Sonderermittlertruppe. Sie teilten mir mit, dass sie Dich, obwohl Du mit dem Bruch Deines linken Ellenbogens zurzeit eigentlich dienstunfähig bist, mit sofortiger Wirkung in die Dienste des BKA aufnehmen werden. Allerdings werden sie Dich nur so einsetzen, wie dies auch von vornherein in den Ausschreibungen bereits erwähnt war, nämlich für spezielle Anforderungen, wenn die Truppe der BKA-Kollegen anderweitig gebunden ist oder wenn es sich um Angelegenheiten des BKA handelt. Vor allem wird es um Ermittlungen gehen, die aus Sicht des BKA, von ihren ortsansässigen Leuten, in diesem Fall von Dir, besser erledigt werden können«.

Thekla hörte mit großen leuchtenden Augen zu.

»Heißt das, ...? «

Bollenkamp nickte zustimmend. »Ich habe hier die
schriftliche Anweisung vor mir liegen, Dich und Dein
Team, wenn es das BKA wünscht, von laufenden Ermittlungen freizustellen und Dich, ich zitiere: "in eigener Regie
und Planung, den vom BKA übertragenen Fall, zu organi-
sieren, koordinieren und durchführen zu lassen". Gratuliere
Thekla, - Du hast es geschafft«.

Vor freudiger Erregung sprang Thekla aus ihrem Büro-
sessel hoch, lief um den Schreibtisch und fiel Robert mit
ausgebreiteten Armen um den Hals. Dabei verdrehte sie allerdings unvorsichtig ihren linken Arm, dessen Orthese eigentlich dafür dienen sollte, diese Bewegungen zu unterlas-
sen. Ein stechender Schmerz des Armes war die Quittung
für diese unbedachte Handlung. Thekla hätte vor Schmerz
schreien können, verkniff es sich jedoch in Anwesenheit des
Vorgesetzten.

»Wieso steht da, dass Du "Thekla und ihr Team" von den laufenden Ermittlungen zu befreien hast? Thekla´s Bewerbung auf die Ausschreibung hin, bezog sich doch auf Thekla alleine? «

»Das dachte ich auch anfänglich, als ich Thekla nach Absprache mit dem hiesigen Polizeidirektor für die Ausschreibung des BKA vorschlug. Anscheinend hat aber das Innenministerium dem BKA nahegelegt, den jeweiligen Sonderermittlern, deren eingespieltes Team zur Seite zu stellen. Somit wären jeweils Leute beisammen, die bereits seit Jahren zusammenarbeiten und man eine Teamfindungsphase einer neuen Mannschaft umgehen könne. Gerade auch im Hinblick dazu, dass ein Einsatz der Sondereinheit "SK32" nur bei besonderen Einsätzen, wie anfangs bereits erwähnt, zum Einsatz kommt.

»Ich würde also immer mit den Leuten meines Teams gemeinsam ermitteln? Das wird ja immer besser. Komm Robert«, Thekla nahm Robert freudig an die Hand, »das gehen wir mit einem guten Rotwein feiern«

»Daraus wird wohl leider nichts werden«. Fred Bollenkamp setzte sich nun wieder dicht vor den Schreibtisch, von dem er sich bei seinen Ausführungen etwas mit seinem Stuhl entfernt hatte. Er zog die offenliegende Akte zu sich heran und wurde mit seinem Tonfall wieder ernster. »Setzt Euch bitte wieder hin«, bat er die Beiden.

Als die ursprünglichen Plätze wieder eingenommen waren, fuhr er mit seinem Vortrag fort:

»Bevor ich jetzt zum ernsteren Teil des Gespräches komme, weshalb ich diese Unterlagen soeben gefaxt bekam«, er deutete auf die Akte, »steht hier auch, dass Du, Thekla, mit Aufnahme der Tätigkeit in der Sonderermittlertruppe als ab sofort in den Dienstgrad einer Hauptkommissarin berufen wirst. Dis ist zwar im normalen Aufstiegsgrad sehr ungewöhnlich aber das BKA sieht in diesen speziellen Fällen einige Besonderheiten, die mich aber nichts angehen. Du Robert«, er blickte zu Robert »und der Kollege Peter Ludwig, werden zu Oberkommissaren berufen, sofern Ihr in Thekla 's Ermittlerteam bleiben wollt, was Euch natürlich freisteht. Die Kollegin Lisa Ludwig wird, da sie erst kurz von einer Kommissar Anwärterin zur Kommissarin ernannt wurde, nach Ablauf eines Jahres, in den Stand einer Ober-kommissarin wechseln. Das alles aber, wie bereits gesagt, wenn das Team um Dich Thekla, bestehen bleibt«. Alfred Bollenkamp schüttelte erneut den Kopf. »Also diese Dienst-beförderungen müssen mit der Berufung ins Sonderteam zu tun haben, anders kann ich mir das nicht erklären«. Lä-chelnd fügte er in Richtung Thekla hinzu: »Du hast jetzt fast die gleiche Dienststufe wie ich, als »Erster Hauptkommis-sar"«

Thekla schien etwas verlegen zu werden und senkte den Blick.

Bisher erschienen in dieser Reihe:

Mord in Siegburg

Der *erste* Fall der Kommissarin Thekla Sommer

Mord in Bornheim

Der *zweite* Fall der Kommissarin Thekla Sommer

Mord in Rheinbach

Der *dritte* Fall der Kommissarin Thekla Somme

Mord in Sankt Augustin

Der *vierte* Fall der Kommissarin Thekla Sommer

Mord im Bonner "Regierungsviertel"

Der *fünfte* Fall der Kommissarin Thekla Sommer

Mord in Siegburg-Zentrum

Der *sechste* Fall der Kommissarin Thekla Sommer

Mord in Wesseling

Der *siebte* Fall der Kommissarin Thekla Sommer

Mord in Hennef

Der *achte* Fall der Kommissarin Thekla Sommer

Mord in Eitorf

Der *neunte* Fall der Kommissarin Thekla Sommer

Mord im Siebengebirge

Der *zehnte* Fall der Kommissarin Thekla Sommer

Morde mit "VX"

> Teil 1/3 Troisdorf <

> Teil 2/3 Remagen <

> Teil 3/3 Heisterbach <

Der *elfte* Fall der Kommissarin Thekla Sommer

Über den Autor:

Geboren 1958, in der Zeit des Wirtschaftswunders, verbrachte er seine Kindheit, mit zwei Schwestern und zwei Halbbrüdern, in Siegburg und dem ländlichen Windeck. Geprägt von dem idyllischen Umfeld, fühlte er sich in der Stadt nie so recht wohl und er suchte sein soziales Umfeld meist in ländlichen Regionen, wie Rheinbach, Meckenheim, Bornheim oder Herchen/Sieg.

Bereits im jungen Erwachsenenalter fing er an, seine Gedanken schweifen zu lassen und niederzuschreiben. Am Anfang war es mal ein Kinderbuch oder philosophische Zeilen. Als zertifizierter Psychologischer Berater folgte ein psychologisch/spirituelles Werk. Seit einiger Zeit entspringen Krimis (aus dem Rhein-Sieg-Kreis) seinen Gedanken und dem Werk seiner Phantasie. Hier legt er aber besonderen Wert auf umfangreiche, historische Recherche hinsichtlich der Schauplätze seiner Handlungen.